行走在风里的金属

卷土 著

上海文艺出版社
Shanghai Literature & Art Publishing House

图书在版编目（CIP）数据

行走在风里的金属 / 卷土著. -- 上海：上海
文艺出版社, 2024

ISBN 978-7-5321-9035-5

Ⅰ.①行… Ⅱ.① 卷… Ⅲ.① 诗集－中国－当代

Ⅳ. ① I227

中国国家版本馆 CIP 数据核字(2024)第 101291 号

责任编辑： 徐如麒　毛静彦
特约编审： 姚海洪
出版策划： 唐根华
装帧设计： 金雪斌

书　　名：行走在风里的金属
作　　者：卷土　著
出　　版：上海世纪出版集团　上海文艺出版社
地　　址：上海市闵行区号景路 159 弄 A 座 2 楼 201101
发　　行：上海文艺出版社发行中心发行
　　　　　上海市闵行区号景路 159 弄 A 座 2 楼 www.ewen.co
经　　销：全国新华书店
排　　版：上海雯学文化传媒有限公司
印刷 装订：三河市中晟雅豪印务有限公司
版　　次：2024 年 5 月第 1 版　2024 年 5 月第 1 次印刷
开　　本：787 毫米×1092 毫米　1/16
字　　数：205 千
印　　张：16
书　　号：ISBN 978-7-5321-9035-5 / I · 7111
定　　价：72.00 元

敬启读者　如有印装质量问题，请与承印厂联系调换:13121110935

行走在风里的金属
——卷土

行走在风里的金属

是拖累还是促进

一条河流的声响

压舱石拿捏着一条船的方向

回忆起一场雪托付的梦

随即

为眼前的闪电打了一个逗号

人类的结节

并不是高粱地里的节节草

寻找诗歌坚实内核的骨头

——序《行走在风里的金属》

杨克

卷土（原名王建如），一位资深的中学语文教师，他在长期的教育生涯中深耕诗歌创作，将自己的人生和教学历程融入了千年文化传统之中。在中国漫长的文明史中，从显赫的"太子太傅"到平凡的乡村"私塾塾师"，诗歌创作几乎是他们共同的技能。历史上最早也是最著名的一位"教书先生"孔子，他将教育和诗歌紧密相连，强调"不学诗，无以言"，据说他是《诗经》的编订者，是儒家诗教奠基人。明朝嘉靖年间，两广总督陈大伦创办社学，"命塾师教童子歌诗习礼，时行奖赏。" 可见过去从事语文教学的先决条件，就是会写诗教诗。而蒲松龄，这位杰出的小说家，其一生主要在西铺村的毕际友家执教，舌耕笔耘 40 年，直到 71 岁高龄才"撤帐归家"，结束他作为塾师的生涯，他既是教师中的文学家，也是文学家中的教师。故而可以说卷土不仅继承了这一文化和教育传统，而且在当代社会中再次身体力行彰显诗歌与教育密切相关的深远意义。

不仅中国，西方不少诗人也以教书谋生，罗伯特·弗罗斯特是美国诗歌的巨匠，是20世纪最受欢迎的美国诗人之一。他曾4次获普利策奖和许多其他的奖励，肯尼迪就职典礼上就朗诵了他专门创作的诗。他任教过多所中学。而中外在大学任教的诗人则太多了。我这样说并不是表明卷土与中西方大师一样优秀，而是强调老师写作的意义。有写作经验的老师在教学中更能引导学生探索和欣赏文学之美，激发学生对文学和艺术的兴趣和热爱。老师传达对美、善、真的追求，这对学生形成积极的人生观和价值观有着不可估量的影响。文学作为人生的一面镜子，能够帮助学生更好地理解自己和周围的世界。也会鼓励学生挑战既定应试模式，探索语文的不同视角，培养他们的批判性思维和创造力。另外，诗歌作为情感表达的一种形式，对于学生的情感教育和人格发展具有重要作用，可帮助学生更好地理解和表达自己的情感，促进他们的情感成熟和人格完善。这些都是教育中最为珍贵的财富。

卷土这本诗集的明显标识，与其他人诗集的不同之处，是有两个大系列组诗。其一是"白蝴蝶17首"。白蝴蝶可以被视为多重象征的载体。它可能代表着纯洁、变化、轻盈或是生命的脆弱性。例如，在"白蝴蝶之一"中，白蝴蝶被比喻为"夏天被你掐了一下／留下的片刻即逝的痕迹"，这里的白蝴蝶象征着美好而短暂的时刻，强调了生命的瞬间美和无常。

在这组诗歌中，非线性叙事、意象的跳跃和语言的碎片化，体现了现代主义对断裂和流离感的探索。如"白蝴蝶之六"中，通过对白蝴蝶与自然元素如雪花、梨花的关联，构建了一种超越时间和空间的联想，展现了对生命、记忆和自然界微妙联系的感悟。在"白蝴蝶"系列中，诗人通过对白蝴蝶这一中心意象的反复探索，创造了一种多层次的意义网络，挑战读者对固定意义的期待。每首诗都以不同角度呈现白蝴蝶，暗示了多样的解读可能，如"白蝴蝶之二"中探讨恐惧和颜色的关联，提出了关于身份、种族和成长的深层问题。

卷土利用白蝴蝶这一意象，探讨了生命的瞬间与永恒、个体的存在与自然世界的联系、以及个人经历与宇宙万物之间的微妙关系。这些作品体现了诗人对生活、自然和人性的反思和洞察，同时也展现了语言和形式上的创新。这些诗歌既是对传统诗歌形式的挑战，也是对现代人内心世界复杂性的探索，提供了丰富的象征、意象和意义，邀请读者进入一场深刻的思考和感知之旅。

从象征主义的角度来看，白蝴蝶很可能被用作表达诗人的某些情感、思想或是某种抽象的概念。体现了诗人对传统诗歌形式的超越和对现代生活的反思。

另外一个大系列是第三辑，北纬三度。有意思的是，也是17首。试分析其中几首，之一通过将北纬三度比作离赤道不远的位置，诗人引入了一个既熟悉又陌生的地理概念，作为探索人与自然关系的出发点。赤道的烧红铁条象征着炽热与生命力，而诗人与赤道的距离象征着他与自然最原始状态之间的微妙联系。诗中的意象，如飞翔的雨丝、蓝天绿水、黑色的鸟与鞋子，都在探索人类生活中的自然元素与人造物之间的界限。之二这首诗探讨了时间与季节的流逝，暗示了人类生命的脆弱性和短暂性。诗人通过比喻和象征，如"洞穿成串"的记忆落叶，来表达对过去的回忆和对时间不可逆转性的感慨。之四通过梦境中人与狗的互相追逐，这首诗揭示了潜意识中的恐惧、愿望和自我认知。梦境作为现实与非现实的交汇点，成为自我探索和认识的场景。之五通过对道路与人的比较，探讨了生命的旅程与目标。诗人提出的问题反映了人类对前进动力和生命意义的探索。之七通过对流星、槐花等自然元素的描绘，探讨了时间、记忆和存在的瞬时性。诗人通过细腻的观察，揭示了生命瞬间的美丽和哀愁。之八通过罂粟花的象征，探讨了美、痛苦和生命的易逝。罂粟花既是美丽的象征，也是痛苦和死亡的隐喻，反映了生命复杂多面的本质。

总之"北纬三度"通过对这一特定地理概念的探索，展开了一系列关于生命、时间、记忆和自然的思考。诗人利用象征和比喻，构建了一个既真实又梦幻的世界，让读者在自然与人文之间的边界上徘徊，思考生命的意义和人类存在的脆弱性。这些诗作不仅是对外部世界的观察和描述，更是对内心世界的深入挖掘，展现了诗人对生命本质的理解和感悟。

其余几辑与别的诗人的诗集没什么两样，是不同题材不同风格的短诗合辑。无法一一谈论，解剖几只诗歌"麻雀"，便可知众鸟飞翔鸣叫的大致样貌。

首先，这些诗歌在形式和内容上体现了中西文化的融合。例如，通过引用外国诗歌和英文名字，探索了跨文化交流的复杂性和美丽。这种跨文化视角不仅丰富了诗歌的内涵，也体现了现代诗歌在全球化背景下对个体经验的关注。

其次这些诗歌广泛使用象征和隐喻，深化了主题的表达。如"一条大鱼把你抱在怀里"中的大鱼可能象征着保护或者是对未知世界的渴望，诗歌中对现代生活的反思和批判非常明显。例如，"落日"中对诗人自身以及他们对世界的观察方式的自我调侃，反映了一种对现代生活狭隘视野的批判。

这些诗歌还表达了个体的经验和情感。无论是对大自然的细腻观察（如"一棵草的秘密"）还是对人类情感的探索（如"无辜"中的玉米棒比喻），诗人都展示了对生活细节的敏感捕捉和对情感深度的探索。这种对个体经验的关注体现了现代诗歌的一个重要特征——强调主观性和情感的真实性。

此外这些诗歌在结构和形式上也展现了创新，体现了对传统诗歌形式的挑战和重新定义。通过自由诗形、意象的跳跃和语言的密度，诗人丰富了视觉和听觉效果，增强了诗歌的表现力和感染力。

在我固有的印象里，卷土是一个比较持重、守成的诗人，读他这本诗集，才发现他是很有想法的，总在试图创新和突破的诗人。

为了找到水的骨头

我涉过

一万条河流

指尖滑落的河流

为了找到水的骨头

我相信在未来的写作里，他一定会在语言的长江大河中，寻找到诗歌坚实内核的骨头。这个"骨头"，就是诗歌的灵魂，是那些支撑起整个作品的基础性元素。而要找到这样的"骨头"，就需要诗人深入生活，观察人心，不断地实验和探索，持续他的探索之旅，发现新的水域，开辟出独属于他的诗歌之河。在这条河流中，我们或许能见到更多关于生命的深刻思考，也会见证一个诗人如何在创新与突破中，找到自己的声音。

本文作者 杨克：中国作协主席团委员，中国诗歌学会会长，著名诗人。一级作家，编审。

目　录

第三辑 北纬三度

第四辑 冰凉的小脚丫

第五辑 路过坟茔

第七辑 把年底倒过来

第八辑 鸟和鸟语

第九辑 被拿下

第十辑 三万里不远

第十一辑 科幻诗歌

第一辑 白蝴蝶（组诗）

白蝴蝶之一

白蝴蝶像夏天被你掐了一下
留下的片刻即逝的痕迹
稍纵即逝
白蝴蝶像一朵躺下的白玉兰
又在风中摇曳
蓝鞋子追逐着她
童年的年龄如没有知觉的塑料瓶
发出咚咚的响声
装修的电钻用金属的本能
打垮了所有的象声词
白蝴蝶片刻无影无踪
困倦逃离
蝶翼

白蝴蝶之二

白蝴蝶为什么天天来这里
是因为这里有一簇开白色花的益母草吗
雨是不是白色的
闪电的颜色从哪里来的
一个八岁的女孩
抓了一只被雨淋湿的白蝴蝶
和蝴蝶的白色恐惧
小女孩因为爸爸不让她上学
决定杀死这只白蝴蝶
那些白色的花朵
眼睛睁得大大的

白色为什么是恐怖的颜色
一个华人跟黑人结婚了
生了女儿皮肤黑色
女儿每天只吃白色的植物
南纬三度的蛛网
你见过白蝴蝶吗

白蝴蝶之三

白蝴蝶扇动翅膀
是为了不掉下来
白蝴蝶落在益母草上
把翅膀夹紧
夹紧是一种无奈吗
端午节将如期而至
雨水没有翅膀
所以会掉下来
白蝴蝶的翅膀上有灰色的圆点似的饥饿
白色的花朵落在地上
鸟鸣的声音
有雨的晾意
洗衣机脱水的时候
毛料的衣服散发出烧焦的气味
洗衣机在楼上
白蝴蝶在广场
白色的衣服跟两只嬉戏翻飞的白蝴蝶
没有关系
砖缝隙的苔藓
折叠着自己的空间

白蝴蝶之四

栀子花的香来自哪里
白蝴蝶的白是否来自
米粒一样大小的白花
三只白蝴蝶移动着
小小的天空
阳光被一次一次的悬挂在
金属上
钢筋架被铁索拴在木头椅子上
木头椅子的铁框
被水泥焊接在广场上
水泥墩上有奔忙的蚂蚁
一簇簇白花就在水泥墩边上
白蝴蝶在白花上反复叮咛
叮咛着跳动的红色字母

白蝴蝶之五

被远方拿到跟前
白蝴蝶贴着地面很矮的草飞动
草因此飞动
所有的白色事件飞动
地面用鸟鸣支持着这些苔藓
雪花的记忆是潮湿的
梨花的记忆沾满乡音
白蝴蝶
没有出生之前
应该是梨花或者雪花的影子
微风和白蝴蝶接近到了不足十毫米

白蝴蝶在白色花朵上停留不足一秒
被人类牵着的狗吐着长长的舌头
十毫米和一秒钟加起来
就概括了天空和白云全部的
涌动

白蝴蝶之六

暴雨之时
白蝴蝶藏在哪里
暴雨之后
你依旧闪烁着在白色的花丛
开白花的树
顶着雪的鸟
在你的身边
用一个吃饭的白色的碗来爱你
用口罩和她的白来爱你
一地暴雨打落的白花
而你比榆钱大一点的翅膀
有没有初秋的凉

白蝴蝶之七

谁的激情变成了
一抹白云
白蝴蝶触及过的低矮的事物
不是所有的黑色的鸟
都是乌鸦
不是所有的音乐都是流水
一群人活在

蝴蝶的身体之中
白色的蝴蝶还是那么轻盈
草垛和她的静物
在解读鱼的悬案
白蝴蝶在十点三十九分的时光里不断上升
升降诗歌掌心龟裂的金属

白蝴蝶之八

飞机那个金属的家伙从天空中飞过
发出隆隆的响声
声音迅速被乌云捡起
白蝴蝶只在低处
三五成群
掠过鸟的白色叫声
庄生晓梦
只是一张木质的床
躺着山那边的远方
一棵大树和一棵小草
同样是伤口
白色的花
从树上洒落
盐一样
撒在伤口上

白蝴蝶之九

端午
白蝴蝶
端在碗里的午饭
端午节的午饭不同

必须有粽子
苇叶裹着香米
今天的苇叶
代表一条江
碧绿的汨罗江
浩浩荡荡
这个被端在手里的历史节点
曾经被母亲用红线拴着
一个鸡蛋
用小小的网兜兜着
挂着脖子上
童年的端午节
就是挂着在脖子上的这枚鸡蛋
艾草插在屋檐下
艾草的草药味
是否医治了
这个受伤的民族
上下求索的屈子
江底的水
是否寒冷
端午
端正手里的午饭
无数空着的碗
如今已经把饭装满
无数座山
无数只白蝴蝶
无数的奔走相告的风却
泪流满面

白蝴蝶之十

外面大片的黑
被谁拿在手里
此时的白蝴蝶
如何打着自己微弱的灯
使得低矮的天空
一小块一小块的行走
白色的花
大片的落在地上
之前
一只流浪猫
在吃着青草
那些堆积的谷物在想什么
白色的石榴花
被举在路边
代替了另一个季节和
奔跑的玉兰
鸟群倦去
白色的金属浮出水面

白蝴蝶之十一

知了包围了树林
这不是战斗
这是治疗
白蝴蝶是苍白的微笑
扇动这翅膀的微笑

白云一样在天空流动
阳光白花花的
像两个儿童走过广场
每个人的眼睛都像窗帘
一拉
就黑下来
白蝴蝶
这苍白的微笑
被一张驴皮完全遮住了

白蝴蝶之十二

割草机来了
金属在工人的腋下
发动机轰鸣
青草发出爆炸的声音
碎末的气息在遁逃
风在人类的皮肤上打转
白蝴蝶坚守的那点微笑
被天空拿走了
水泥地下面的土
喘着粗气
汽油的味道
就是人类生活的滋味
有一个画面
有两个人拉着手
拉成股票下跌的 V 型
脚下每人踩在一条小船上
小船在大海上
起风了
起浪了
船要去哪里
我觉得那个拉手摇摆的 V 型
是白蝴蝶的翅膀

白蝴蝶之十三

黄昏有温暖的孝义么
看不到白蝴蝶
只听到一个人
体内的锣声
如果很多年后
又一次以白蝴蝶的方式相见
你整理命运的棺材板
我却躲在蝴蝶
白色的翅膀里
围棋
那白色的星子圈下的土地
却长出风起云涌的黑夜

白蝴蝶之十四

一场暴雨
所有的泥路消失
殉葬的泥人泥马
只有头颅摆在人类的面前
白蝴蝶的翅膀旋转上升
风暴回归了宇宙
这渺远的森林
用三分钟避开一扇门
地球的斜坡
贴满了
白蝴蝶的标签

白蝴蝶之十五

草地上一块白毛巾
是主人收衣服时候落下的
经过风雨之后
她仍然躺在那里
像一只猫
白蝴蝶和她的季节一个不见
开白花的益母草已经枯朽
枯朽的只剩即将燃烧的
太阳一般的声音
开白花的树结出绿色的
密集的果
一条河流
坚持的躺在昨天的午后
河流的远方
并不是白蝴蝶的远方
咦
一只白蝴蝶
突然闪现了
闪电一般贴着地面飞翔
风从草尖
从人类的皮肤上
顺利走过
以梦为马的人
头颅
平静安详

白蝴蝶之十六

白蝴蝶悬浮在半空中
像一滴水吗
鹅毛笔在书写大海眼角的困倦
喳喳的鸟鸣
是雨水清洗后的风
虫洞之后的
另外的宇宙
草尖闪烁的光和金属
埋得很深

白蝴蝶之十七

把白塘河写成白糖河
才知道故乡是甜的
诗人说
故乡的风可以治病
白蝴蝶眼神
是悄然的医生
真理无数次被月光绊倒
浴室是一条庄重的围巾
红色是最后的一滴
赤裸
对于纷纷撤退的粉笔
金属的缝隙被反复修整

行走在风里的金属

一条大鱼把你抱在怀里

一条大鱼把你抱在怀里
你问我鱼拿什么抱你
谁知道呢
一首外国诗被翻译的
如同星辰的散落
是什么把你腰间的皮肤咬成红色的疙瘩
你却被一条大鱼抱在怀里
披着羊皮的不一定都是狼
被鱼抱在怀里的肯定欺负过大海
（2018-09-10 11:50:18）

一棵草的秘密

一棵草的秘密
没有多深
她的根停止在谁心灵的石头上
两条江汇合是时候
谁握住了谁的手
台风从谁的身体里刮过
雨水到底是谁的模样
目光的铁丝串起
落叶
目光里包含多少金属
一个英文的名字
为什么让一个女诗人如此的依恋
被红蜻蜓抬高的天空
在一棵草的秘密里荡漾
（2018-08-13 14:32:32）

落日

多少年来诗人在写落日
甚至写落日变成了河流
落日落下了吗
傻帽的诗人们只有狭隘的想象
落日和朝阳
是在同一个地方站着
脸都没有转
是地球这个倒霉孩子
屁颠屁颠的跑
　(2018-08-11 21:34:10)

无辜

吃完一个自己煮的玉米棒
剩下的玉米棒的瓤
斜放在陶瓷的小碗里
碗边有向日葵的花
我看到玉米棒的瓤无辜的样子
我见过她在玉米秸秆上的样子
头上扎着漂亮的缨子
我记得她在峡谷旁
丢失过一顶漂亮的草帽
我是一个被南太平洋偷听过的椰子
秋天翩翩起舞的时候
我肯定会忘记无辜的
我案头的玉米的瓤

有人要寄给我一册金属的古钱的纪念册
我不想回电话
我现在只想着一个把三体看到一半的小朋友
和我案头剩下的煮玉米的瓤
　（2018-07-19 09:31:29）

被石榴裂开的红玉如同雨滴

被石榴裂开的红玉如同雨滴
张爱玲站在红楼梦前八十回的尾部
掐着腰斜侧脸微微昂着头
一个 1955 年出生的老兵
身边放着这部红楼梦
在上海的一家公园里谈到猫耳洞
谈到他丢失的眼睛
他取下眼镜转了一下左眼
说，假的！一个残疾的老兵
从提包里拿出一罐啤酒喝起来
一边抽着红塔山
穿着内裤的夏天知了声声
老兵感慨地说
戏子无义妓女无情臭老九无能
彩票上的数字
就像被天空作注一小撮人
随机变成了突然感知的口渴
　（2018-07-01 13:58:27）

夕阳难道不是一片落叶

夕阳难道不是一片落叶
夕阳每次把一棵树照的通体透彻
是谁无数次的爱过黄昏
然后被反复加密
　（2018-06-04 23:12:29

只有雷声滚过

在房间里听声音判断雨的大小
大雨就是一条大河从天空流下来
中雨就是一条中等的河流的流淌
小雨雨的啪啪声中仍然可以判断鸟鸣
实在是想把右腿拿到左腿上
但是听说二郎腿不利于健康
算了吧拿起又放下
两条自己的骨肉都觉得酸懒
案头的一堆金属的硬币
没有心思管他们谁是正面谁是反面
也管不了谁压迫了谁
反正他们都是凉的
不如我的两条腿是热的
一个朋友的苹果手机
可以收集人的表情
屏幕上显示的是一坨屎
你看着想笑
于是这坨屎就和你一样笑起来

你大笑它就大笑
昨天坐出租车运着我险些丢失的书籍
有易经有尼采有论语有三毛
三毛的书的封面
有三毛的披肩发半身照片
她笑的时候可灿烂了
我相信那时肯定没有一坨屎
在苹果手机里陪她笑
出租车司机说
他的本家的伯父
文革时跳井死了
原来是物资局长
现在窗外开始下小雨了
只是没有鸟鸣
只有雷声滚过所有的金属
（2018-05-25 08:22:21）

谁的胳膊是桥梁

钟声跟黑夜比
显然
黑夜更加辽阔
南太平洋的水是遇到岸停止了的
钟声离家出走后
哪里是她的岸
雨水本身会有声音吗
所有的树叶的
方言都发出啪啪的声音
黑夜在谁的心目中是潮湿的
洗衣机用力的拿捏着那些衣服
谁的胳膊是桥梁

谁的哭声是桥下的流水
谁的右腿停止了压迫左腿
伞底下能有多少被移动的天空
你把浅浅的笑当做口水咽下去
如此而已
（2018-05-19 21:18:22）

斜拉桥的索绳是不是很吃力

每天公交车在上午 8 点 15 分左右
通过黄浦江的徐浦大桥
斜拉桥的金属的索绳是不是很吃力
如果没有这大桥
公交车还会在此时此地过黄浦江吗
可以
也许未来可以
打印机卡纸了的时候
要用力把有些破损的打印纸拽出来
纸上有余温
把手伸进打印机的热力
母鸡生蛋的时候
一般不会如同打印机一样卡住
但是鸡蛋产下来时也是有温度的
黄浦江的温度比鸡蛋肯定寒冷
打印机和徐浦大桥不可能是本体和喻体
但这一切都是有联系的
不然为什么会放在一首诗里
杀鸡取卵的成语很奇怪吗
一条大河其实是像鸡一样的大鸟所生
经过打印机的文字
因为缺墨粉而模糊不清
（2018-05-14 21:27:17）

黑暗和沉默的关系

沉默和黑暗比黑
沉默比黑暗显然更黑
王阳明打坐在船上
死在回家的途中
王阳明眼里的圣贤
停止了轮转
被王阳明砍到的竹林沉默了
风尘仆仆的远方
将要嫁给一座矮矮的山丘
宇宙空虚的如同轻物低鸣
物质的外貌和惊叫
打破了沉默还是
涂改了黑暗
　(2018-04-25 14:22:58)

咒语肯定可以达到目的

雪山是一个瘸子
她颠簸着不曾行走
如果雪山在诗人的嘴里融化
雪山岂不是你的牙齿
你能咬住奔跑的野象吗
你能咬住奔跑的太平洋南太平洋的
那些卑鄙的人类像老年人的牙齿
脱落了根本无法长出新的
地铁在谁的孤独里呼啸
道路被脚印和车辙重叠了多少次
夜色只在灯光之外成立
古天乐的咒语肯定可以达到目的

古天乐乐

嘴里在不停的诅咒
一只眼冒着蓝光
一只眼冒着火光
我到过长江的一个分叉的地方
一边浑浊
一边清澈
不冒蓝光
也不冒火光
把烟灰弹在塑料的盆子里
嘴里冒出烟来
指间的火光很柔软
一只猫行走的声音
居然摇响了
窗外的夜色和风铃
　(2018-04-11 20:31:35)

流动

流动
时间停止的时候
清明缓步而来
山洞里的黑暗驻足的时候
群山开始奔跑
秋天的红色
流动到浸染了几个省的边界
牙刷的弯曲到掉了的牙根
变成参差不齐的楼房
暮色很浅
就像著名的诗人苏浅
黄昏已经被掐灭
烟火和柿子点着各自的灯
　(2018-03-30 18:00:45)

拿大顶

在上海人民广场
地下
奔涌着上下地铁的人民
从十五号口进来
有一个人在拿大顶
他双手按地
头朝下
双足并排向上
很稳很稳
他面部朝向过道的墙面
身后放着一个器皿
器皿时时发出投硬币的声响
我也投一元钱硬币
也让器皿叮当一下
但是始终没有看到
这位拿大顶的年轻人的表情
广场上金属的冷雨被天空不停的发射下来
(2018-03-20 22:32:54)

诗人和她画的狗

——给 AQ

一件旧衣服变成一条狗
眼睛里充满了悲凉的鸣叫
这件衣服是诗人安琪的衣服
所以你要收集诗人的衣服
等待它变成想象的温暖

此刻的狗的叫声是温存的
狗的叫声里有诗人字迹模糊的母亲
也有她遇见的明天将产生的词语
安琪的笔墨里有和她一起
翻过喜马拉雅山的风
我的窗外此时雄鸡的鸣叫
跨越了谁家的中午
诗人作画的时候
肯定是满手的阳光正在行走
诗人却没有给张望的虚无 着上
色彩和温馨
(2018-03-16 12:17:11)

被柿子照耀

多久没有被秋天的柿子
照耀过了
在秋天月光淹没了所有的人
所有的事物
在月光里游泳
鄜州的月亮
推动着河流的皮肤
闺中的眼睛
如同长安的柿子
呆在树上的小儿女
和柿子互相照耀
被拉黑的南太平洋
依旧闪烁
（2018-3-12）

踩在我脚底下的雨丝
（北纬三度之一）

北纬三度
踩在我脚底下的雨丝
飞翔
把黄昏和黑夜捆绑
北纬三度也就是
离赤道稍微北一点点
赤道有时被我看成烧红了铁条
在政治里哧哧作响的金属
我距离她只有三度
天是蓝的水是绿的
我一直没有听到赤道的叫声
穿着正装的诗歌显得几分困倦
黑色的鸟和我脚上黑色的鞋子
有什么区别
很简单呀
一个在天上一个在地上
你如何穿着两只鸟行走
北纬三度
纬度线是人类画在地上的
北纬三度时常被黑色的皮鞋踩住
北纬三度线无法
阻止离我而去的鸟的翅膀
我深埋的父亲昨天又被添了土
姊妹们的铁锹是否绕开
和北纬三度平行的纬线

（2017-04-03　13:20:33）

洞穿成串
（北纬三度之二）

有人说
季节像人一样容易衰老
落叶顺着边缘逐渐退化
在北纬三度
有着似乎永远不变的季节
季节用经久的火热想着一个人
铺天盖地的雨痕很容易褪去
距离六点只有三分钟
红土白云之间的距离
只有一滴跳跃的汗珠那么近
是谁跳入了大海的窗户
北纬三度像铁条
把记忆的落叶
洞穿成串
北纬三度炽热的金属
必须把挂在窗边的阴影戳穿
（2017-04-04 17:49:50）

互相梦见
（北纬三度之三）

他和一条狗
互相梦见
拴在树上的狗
和树一起追赶他
他叫了一声
从床上跌落

第二天他把简装的红楼梦
放在床的外边
还放了一本字帖
是怀仁的圣教序
夜里
他又和狗互相梦见
狗又开始凶狠的追他
天亮的时候
掉在地上的是简装的红楼梦
和怀仁的圣教序
红楼梦里众多人物都被摔伤
字帖里的字
每个依然黑黑的
如同飞跃在北纬三度的乌鸦
在北纬三度
他和狗互相梦见
流泪的狗和拴着它的树
信誓旦旦
（2017-04-15 15:28:05）

道路跑的快还是人跑的快
（北纬三度之四）

道路跑的快还是人跑的快
你一起步道路就在你后面
但是道路永远无法超越
因为前面道路连绵不绝
其实道路只是原地不动
北纬三度的纬线也是原地不动
滴在你血管里和北纬三度纬线里的药
却川流不息

记忆中办公室楼下的操场
在冬天经历一场无名之火
草木已经心灰意冷
五十个小时之后一只大鸟哦
将展翅飞翔
（2017-04-17 14:04:20）

槐花的香只停留在你的指尖
（北纬三度之五）

流星迅速迁走
是为了替谁留下位置
被玻璃的门猛撞了一下
他开始思考天堂里雪是否如
被冰冻僵的月光
改变着孤独的形状
深井里困守着
不同姿态的黑暗
老李小樊他们已经去了马六甲
而我没有去
北纬三度的黑夜困守着什么
龙凤塔倒影在你的照片里
灯光璀璨
手握着一条河流
把两座山背在肩上
一片白色的花朵在夕阳的背面
依旧温馨灿烂
不似梨花
却似芦苇的花显得温暖
槐花的香只停留在你的指尖
变成黑色
（2017-04-23 21:14:57）

罂粟花
（北纬三度之六）

那些还没有产生的河流的方向
在谁的手里握着
那些坠入地层以下的山脉
同样蜿蜒起伏
世界的疼痛之处被北纬三度的纬线缝合
把狂风摆在桌面上供诗歌餐饮
伤痕站起来大步行走过
枯萎的曾经的沟渠
人群变成星星
罂粟花开在谁的嘴唇
开在太平洋印度洋之间
一千零八十千米的水面
开在你手中窄窄的纸条的溪间
对照罂粟花的颜色不会显现
（2017-05-08 13:51:34）

删除自己走过的路
（北纬三度之七）

在马六甲
大海就是一间房子
住着满满的激情和浪花
一条河为了一朵野花
奔向大海
在北纬三度
在蝴蝶泉公园的旁边

高过一百米的树
树杈上坠下的根
猴子爬在汽车上
人类用潮湿的灵魂
眺望地平线之外的孤寂
你躲藏在自己的屋子里
怀揣在鲜红的黎明
和黎明的 1130 根光芒
删除自己走过的路
为了另外一个生日
和几头脏兮兮的牛
扇动的尾巴
你怀抱鲜花和假话
眼泪啪嚓
（2017-05-14 21:58:04）

突然耸起的岛屿
（北纬三度之八）

我把你的名字截取一半
作为一个国家的名字
你的拴着红线的手环和脚环
我还是把它比作北纬三度的纬线
我只是攫取你的寂寞
你的寂寞是一间很小的房子
蔬菜水果和各种吃了一半的食物
变霉了你都没有扔出去
木耳菜最后干在那里变成木耳
尿桶和它的声音
花的窗帘是一个怎么样的故事
我把你的名字后面部分
变成纬线的一部分
全部掠过海洋海浪和突然耸起的岛屿
（2017-05-19 08:30:45）

适当的森林
（北纬三度之九）

如果每一首诗变成一只鸟
我写了一千三百多首诗
一千三百多只鸟
我如何帮助他们寻找
适当的森林
河流和起舞的乐曲
我如何给他们适当的高度的鸟巢
让他们产卵和生产自己的太阳和月亮
我如何找回我童年村庄的磨刀石
把太阳和月亮磨成黄橙橙的
和白晃晃的刀具
收割刚过小满的麦子
如果我的一千三百多首诗
每一首都变成一个人
不同肤色的人
我将用北纬三度的空气给他们呼吸
用北纬三度碧绿的池塘给他们嬉戏
我用北纬三度的线给他们晾晒衣服
如果我的一半诗歌变成人
一半诗歌变成鸟
那么每一个人我分配给他们一只鸟
让鸟在他们的头上做巢
　（2017-05-21　16:20:13）

大海的鞠躬
（北纬三度之十）

大海的每一次鞠躬
都牵动北纬三度的纬线
牵动无数的卑微的浪花
你亲手掐灭了身体里的一朵浪花
大海永远不会原谅
被白云反复弱化的月亮
河流裹住了谁的颤抖的腿
大海每一次抬起头来
都以泪洗面
怜悯那被你亲手掐灭的花朵
一只猫用细碎的步子
敲打你不安定的睡眠
近在咫尺的马六甲
我知道你不是一只甲虫
你是一片谦恭充满疑虑的海
（2017-06-15 11:55:35）

拴着红线的小腿
（北纬三度之十一）

夜晚是一只鸟
黑色的鸟
我杯子里的天空
被我喝去了一半
北纬三度的纬线
知道大海的下落

马六甲
一个红色的甲虫
葡萄牙的甲虫
教堂一样斑驳的石子
一个叫郑和的中国人
实质只是一条木头的帆船
海盗也不知道朱允炆
是海底的哪一块金属
华人街当然存有
中国的对联
大海的耳鸣是红色的
海是坚强的
她一万次的扑向北纬三度的沙滩
麻雀和大海比谁更厉害
麻雀飞走了无数次
马六甲这个红色的甲虫
还没有爬上岸来
马六甲
你无私的展示你红色的部分
大海因此心潮澎湃
远处是否有依稀的稻田
你站在水中的
拴着红线的小腿
是我杯中的另外一半的天空
(2017-06-25 19:39:19)

细腻的滑落
（北纬三度之十二）

一场暴雨的转身
天空像躺在沙滩上误解
沙子在北纬三度的指尖
细腻的滑落
雨无法回到当初的云
床前的一条席子
只是一个有效的掩饰
金属能够说什么
深一脚浅一脚的千年古槐
是古铜色的面孔
临死前的最后一次回眸
　（2017-07-03 14:47:53）

聆听
（北纬三度之十三）

这个世界一直被聆听
这个被北纬三度横穿的世界
发出了怎么样的尖叫
在昆虫的叫声里
小镇的灯火
发出一闪一闪的声音
当世界决然老去
鸟的翅膀垂挂的苔藓
在你幻想的边缘猛飞
　（2017-07-04 20:03:57）

不同的红色
（北纬三度之十四）

白云和蓝天的互动
白云以山的姿态
开始涂抹
蓝天退回的海里
大洋萨克斯管一样
流淌着她茫然的姻缘
三角梅披挂上阵
不同的红色
变成不太清晰的鸟的叫声
辛勤的纬线
爬行着如同蚯蚓
我少年时候垂钓
不曾用过
　（2017-08-25 06:20:36）

有一个大大的魔术
（北纬三度之十五）

北纬三度的开立步
的弧线的力度
被反复臆想
列车开走后
铁轨显得空洞
铁却发出绝望的光

金属的热度
散发着春天的余温
人类的眼角
已经干涩
这个夏天
有一个大大的魔术

一想到明天见到你
（北纬三度之十六）

笼子里
一想到明天要见你
叽叽喳喳的鸟鸣
笼子打晃了
一想到见明天到你
栀子花的香
月亮躲避了
分秒不差的黑色
想把多年前的一个下午
约回来
把群山和迷雾
变成欲动的
长方形
声音的舌根是苦的
撒在地上的咸菜
的观念
北纬三度的茴香
被移动苇草
反锁

耳鼓里的弯道无法超车
（北纬三度之十七）

树上的花哪里去了
玉兰花一闪一闪的白
不在照亮
墙壁上的黑夜
晚樱
一簇一簇的点缀的
披挂的粉红的春天
被淋湿在你的雨季
黑夜北纬三度
在尖叫
耳鼓里的弯道无法超车
窗户的
玻璃的亮光
似乎有了新的方向
不久
夏天会涉水而来
那些
包围过我膝盖的水
奔向新的河流
天亮了吗
三点五十二的曙光
从哪里来
又向哪里去
露在被子外的身体
几多寒意
海水因为想到你而失眠

第四辑 冰凉的小脚丫

空气的生日

空气的生日
在马来西亚
有着红土的颜色
她的形状是一个斜坡
金属收起了所有的根
记忆的春天被复制成纸剪的桃花
若干年前
空气从一枚桃花出发
今天她来到了炽热的马来西亚
空气在一秒钟内把高尔夫球送到 200 米之外
黎明到来之前
空气已经诞生
或者她以黑色的鸟的姿态
记下母亲给她的 10 个月的黑夜
下午 3 点 30 分
风以红色的速度
画出了记忆的光芒
清澈见底的风
瞬间停下的雨的宁静
堆积在草垛后面的风
一转身之间
村庄没了自古以来的想象
停留在磨盘上的风
装在书包里的风
安顿在防震棚里的风
今天是你的生日
风比文字

比星星
比被你顺手折断的煤油灯的光
谁更久远
风不过是被反复呼吸的微弱的气息
不远处的马六甲
用什么力量分开了依依不舍的海
停留在麦芒上的风
吹动苇花的风
没有停止过思考的脚趾
风有自己的道路
思想跟云朵没有任何关系
礼拜堂正襟危坐的路上
风的母亲已经步履蹒跚
在晒黑一个种族的热带
在离开海水咫尺的马六甲
风收起了她的翅膀
用翅膀记下了历时若干年擦伤的天空
(2017-03-31 17:14:02)

青蛙的叫声高过了头顶

垂柳的深处有多深
青蛙的叫声高过了头顶
闪电奔跑然后撤回到坍塌的坟
在南方的南方你看到了
哲学的颜色
用颜色气势来表达你眼前的朝阳
语言如坍塌的坟茔
被急急忙忙扫去的烟头
燃烧过什么照明过什么
　(2017-03-24 08:52:38)

落日会腐烂在野外

腐烂在野外的果子
和酿成酒的果子
腐烂是怎样的过程
风干又是怎样的过程
都比酿酒复杂
好久没有看到落日了
当初我写诗歌的时候
曾经幼稚的把落日比作一枚红果
也许有一天
落日会腐烂在野外
或者风干在枝头
但我希望和你喝一杯落日酿成的酒
你画下的天空的一道白
仍然在奔跑或飞翔
　(2017-03-14 15:39:00)

十四点四十四

十四点四十四
风声紧
每个人都在被宇宙中
跟自己有联系的星宿寻找
星星要来人间变成人
人要到天上变成星星
人跟星星正空中相遇
却为何那般的模糊陌生
在人造大理石上
用毛笔写下飞这个简化的汉字

黑墨时浓时淡
你用得着考虑两岸垂柳的年龄吗
房间和它的温度
细雨和玉兰的花
在拐角的风声里被草莓的红色照亮
（2017-03-13 14:44:28）

空中

西太平洋有一尾鱼认识我
只是我还没有去过太平洋
银河系有一颗星认识我
我确实有过星空的仰望
我眼角的一丝困意却
和我如此的陌生
对于蜘蛛网你能说你是局外人
蜘蛛网内挂着的僵尸已经风干
蝴蝶的体内住着多少诗人在思考
牙齿到底是不是骨头
（2017-03-07 14:30:18）

阳光穿过玻璃时干了什么

谁敢给我保证玻璃两边的阳光是一样的
阳光穿过玻璃时干了什么
列车穿过山洞时呼风唤雨的
山洞里有风雨的驻足吗
被大雁和麻雀掠过的天空和之前
真的没有丝毫的变化
被泪水找到的眼睛看到了落日的垂头丧气的样子
门外的猫犹豫徘徊张望失望的变成两条鱼和一只菠萝
（2017-03-02 10:06:35）

水中水如何表现自己的存在

蝴蝶停下来
花朵开始起飞
蝴蝶落在花朵上
世界静下来
顺着黄河流动的黄昏
水中水如何表现自己的存在
你把一个傍晚的寂寞
放在枝头
存放如同一个包袱
这样就有一棵树
在举着你的包袱行走
黑白的胸片
真的无法看到爱情
(2017-02-15 09:10:39)

希望刀疤说话

一个诗人内心
希望刀疤说话
然后从一个故事
一脚跨入另一个故事
到了安徽时高铁外的
鸟巢一扫而过
天空的撤退让阳光
高粱秸秆一样堆在一起
雪花压低芦苇的花
就如同你的冬天的被窝
一半是冷的一半是暖的

就如同停留在眼角的灵魂
一半是干的一半是潮湿的
在北方大地的胸膜
被雪的盐霜覆盖和言说
用一千里的疼痛来表达节日
节日的脖颈转动一分钟的步伐
（2017-02-14 09:16:21）

冰凉的光芒

大雪排成队伍
浩浩荡荡
看着眼前的灯光
小脚丫冰凉
踩在树上
路边的树闪着冰凉的光芒
雪在诗人的脚下发出流水的声音
村庄已经坍塌
大雪用她全部的白
包围过来
磨盘
水缸
水井
排着正在消失的坚硬的队伍
坍塌着雪的整个过程
银杏树异常的孤单
孤单如雪花的小翅膀
（2017-01-31 21:50:10）

冬天的被窝里

玉兰树举起一群白鸽
不愿放手
上帝捡起的只是
跌落的酒杯
冬天的被窝里
一只猫
替谁守候着战栗的花朵
红色的感叹号
网站被异常篡改
访问网址有风险
人生和爱
都不需要突然关闭
不然病毒感染
最无法挽回的就是
八分钟的情感
　（2016-12-27 10:23:04）

坐禅

你变成了山林的背影
我变成了白雪的脚印
山林坐禅
你随风飘荡
白雪踩着我的肩膀
瞬间潮湿

古塔的阳光被你抓住
并且被你涂上了厚厚的
护手霜
鲜花像一把刀子
切割四枚落叶
挖土　夯土
用四枚叶子迟钝的谎言
土松开五指的时候
村庄迅速消失
　(2016-12-22 08:40:19)

以月亮为借口

话语的尸体
被谁安葬
宇宙之外的骨头
仍然在行走
把现实和回忆倒过来
命运只是一棵摇曳的芦苇
呼吸不会影响
枯草上微霜的质量
一只冬天里的猫
在树杈体会阳光的收藏
以月亮为借口
寻找被你拥抱过的时辰
和噪音
沙子在异国的庭院
沙沙作响
　(2016-12-08 08:14:41)

落日在寻找薄荷的信任

每一个事物都是生长着的
比如真理
比如云朵
比如诗人冬天里的咳嗽
如果你必须到它生长的地方
你不如回到鸟的故乡
落日的余晖在何处漂流
落日在寻找薄荷的信任
木桶会呈现你局部的身体
饮水机在没有人的时候
发出了咕喽的声音
（2016-12-05 17:51:47）

村庄其实就是一条狗

村庄其实就是一条狗
被打折了腿
由饥饿到被杀
尽管不停的摇尾巴
没落的村庄
转悠着到了尽头
土地艰难的爬行
蚯蚓一样
被挂在鱼钩上
还没有私奔的花朵
在冬季忍住了开放
巴金的胞弟
是谁的弟弟
（2016-12-01 11:03:23）

乌云并不是天空唯一的财产

乌云并不是天空唯一的财产
一个城市跟天空的关系有多大
一个城市因为一个人而存在
比如一个人马上要去了合肥
巢湖肯定是无动于衷的
散落的言语被风吹跑了
一场不曾谋面的雪
从你的口中说出来就
立即占领了整个的北方
在南方智慧如同叶子
在冬天从树上飘落下来
仍然是鲜艳的
只是南方的天空与雪无缘
事物选择各自的方向
阳光停留在谁家的屋檐
  (2016-11-24 10:00:03)

瞬间蒸发

一种方言浸泡出一种咸菜
说咸菜吃多了致癌
于是癌症
与方言难脱干系
你只想握住月光攀爬的月亮上
你心中的河南人去了金陵
你的头和另外一个头斜放在一起
院子里的一小块残雪
瞬间蒸发
　(2016-11-15 16:29:23)

如果大自然开始说谎

如果你跟河流的奔跑的速度一致
你会是一条河流吗
如果你跟蝉鸣一起聒噪
你就会占领这个夏天吗
老子坐过的石头
就会有思想吗
一个九年级的学生
从五楼跳下来
牙齿散落一地
鼠疫是时代的病情吗
如果大自然开始说谎
云朵就会失去意义
我只想捡回绽开的棉花
帮助今年的冬天
擦一擦伤口
　(2016-11-14 08:42:40)

汪塘对她做了什么

风是一件礼物
难道雨不是一件礼物吗
什么样的风才是礼物
是诗人从高原带来的吗
真不巧
接受礼物的人走丢了
因为一座山忘记了他的验证码
鱼群小心的托起水草缠绕的河面
溺水的人的最后的瞬间
汪塘对她做了什么
（2016-11-07 09:22:16）

爱情的整个过程

涟漪是古代的说法
现在似乎叫波浪
涟漪曾经同意和脚下的土
来一次彻底的约会
波浪其实就是流浪的水
大海里太多的流浪汉
摩肩接踵
也许河流在任何的时候都是有声音的
即使在冰下
而灵魂没有
坟茔倒塌的时候也没有
大象有遗言吗
死鸟是掉下来的一小块天空
谁用刀子剪了自己的腮帮子
果实成为酒所经历的腐烂
就是爱情的整个过程
（2016-11-05 18:46:52）

花开时其实

单薄
是你衣服的单薄
还是秋风的单薄
秋风纸一样被撕碎
点着
把一件黑色的影子
挂在正在拆掉的村庄的栅栏上
空空的口袋里
只有一只发凉的手
人没有两座山坚决
说不见就永远不见了
路的尽头脚印堆积
花开时其实
声音很大
大的像猛然的喧哗
　（2016-10-31 10:25:10）

秋天咳血的原因是

秋天咳血的原因是
秋可以拉直
人类的心电图的曲线
无法拉直大海的波浪
石榴红了
和秋天咳血无关
谎言是什么颜色
秋天也摇头
　（2016-10-24 07:26:41）

记得以前

记得以前
我很小的时候
放学路过坟茔
经常会有死婴
抛在那里
有时候裹点衣服
有时候裹点草在身上
那时候天空很蓝
白云经常被谁赶成羊群
后来第二天
看不到死婴了
就以为死婴被白云抱走了
其中必定有我走失的弟弟
操场上的白鸟
知道抄写经文
要用血滴吗
一条狗在凌晨三点
记下了什么
(2016 10-12 16:31:29)

地自己震自己

地震
地自己震自己
就像怨妇生气的时候打了
自己的脸
似乎没有人
埋怨
包括火山
像一匹烈马
抖抖身子
地被无数的根须缠绕
物种的更新与消亡
是写在木鱼脑袋上
被反复敲击的定数
地觉得不爽
地被雨水冲击
被海风暴虐
阳光皲裂了它的
企望
所有的植物
都疯狂的生长
和地一起运转的平缓的黑夜
也觉得疲倦
地是梳理一下始乱终弃的情感
人类无法阻拦
地自己震自己
地表情平淡

就像人类杀一只鸡
鸡临死之前扇动
翅膀
杀鸡的树下
有碗
碗里有盐
盐上面是鸡血
地自己震自己
天空依旧
阳光灿烂
倒塌的民居
瓦砾
以及瓦砾下的生命
就像鸡临死之前眼里飘出的云
（2006-12-28）

杀羊

杀羊你见过吗
羊很温和
绑起来就杀
咩咩的叫
眼睛睁的很大
眼皮包住羊自己的天空
杀完后
要吊起来剥皮
从嘴巴开始剥起
剥到生殖器
剥到羊蹄
然后把皮凉到那里
皮上还有斑斑的血迹

然后把羊肉
放在锅里
放上白菜和粉丝
放点辣椒和盐
味道实在是美满
羊也不容易
吃了很多的草
所以春天见到它就跑
羊如今
骨头已经放在锅里
锅里的水面冒着泡
看来羊的生命力很强
骨头还在喘气
贫困的日子
老百姓喝点羊肉汤
就像过年一样
宏礼兄应该
有体会
老百姓喂两只羊
不容易
怕被盗
把羊拴在床头
羊粪撒的到处都是
冬天羊最肥
一只只被杀掉
羊皮很白
温和的像冬天早晨从
少女口里呼出的气体
杀羊的刀我也见过
明晃晃的
寒光凛凛的金属
羊无可退避
（2007-01-09）

和管一一起做一粒粮食

和管一一起
做一粒粮食
这也是粮食的意思
躲在相邻的麦田
相邻的田埂
相邻的麦穗里
麦子摇晃
我们就摇晃
麦子开花的季节
友谊如同节日
徘徊在低矮的天空
和管一一起
做一粒粮食
在白晃晃的镰刀的
照耀下
被捆在麦捆里
在辘轳的排挤下
跳出生活的圈子
在你们的木锨的张扬中
有过一次对高空的
想象
或者是高空对粮食
想象
装在同一个粮仓里
我们和老鼠赛跑
直到土房子倒塌
直到村庄退回到
褪了色的诗经里
我们又回到土地
重新发芽生长
我们共同吟唱
蒹葭苍苍
（2007-01-26）

在翅膀里面……

人类的想象
在翅膀的里面
躲在里面
很暖和的
还有躲在里面的黄昏
我很爱我的想象
所以我把她
放进了鸟儿的翅膀
整个冬天
我不让她着凉
而鸟儿
全然不知
对于鸟儿
就如同单恋
天蓝的那么均匀
所有的黄昏都和我的想象一起
躲进了鸟的
翅膀
所以就
只剩下了蓝
蓝是单恋的颜色
枯枝支撑着小憩的鸟
也支撑着
人类的想象和单恋
（2007-01-30）

一部分的远方

远方
一部分
埋进了土里
一部分被海收留
到土里
寻找远方的人
就再回不来
我们和远方的
距离
只隔着一瓶酒
和一件喜事
为了远方
我开始
卷土
大海收留的那部分远方
被鱼衔走了
于是
我们没有远方可取
为了向
鱼争回被
海水浸泡的
远方
我在海边建起了
房子
和往事
（2007-02-18）

修改

修改
就是否定吗
未必
比如
修改
闪电
天空不愿意接受否定
天空
向人一样固执
它迅速将
闪电
收留起来
你也可以理解为
闪电的逃避
所有的雨
出来掩护
（2007-02-23）

痛

花开的时候
痛吗
一瓣一瓣的展开
水流的时候
痛吗
一阵一阵的呻吟
你有看到
时间的痛苦的表情吗
它咬牙切齿的

想拽住
所有的钟摆
痛是红色的
如同霞光
刺伤了
慢步行走的天空
（2007-03-02）

身边的空气

身边的空气
就像雪
你用嘴唇和呼吸
将雪融化掉
原来隔着的
不是冬天的白菜
和萝卜
空气紧挨着的是
另外的
嘴唇和呼吸
睫毛和并不真实的
睡眠
你把空气比做
雪
身边的雪
你吞下这些雪
其实是在乎
紧挨着的
嘴唇和呼吸
身边的空气太幸福了
它可以在两个人的
嘴唇停留
垂直的长发
整齐的睫毛无法阻拦
（2007-03-06）

木棉与暮年

木棉——暮年
木棉花
就在我的窗户的外面
还在开
开的速度
无法计算
现在是 20 点 13 分的深圳
黑夜已经包围了阳台以外的世界
树上的花是爱情
地上的花是暮年
时间只隔一夜
暮年接近地面肯定
是有响声的
因为木棉的爱情有她的质量
（2007-03-09）

木棉花系列之三

一百个我
一百朵木棉花
青的是我的童年
盛开的并不是我的爱情
三月
爱情被开得
惊心动魄
生命卓尔不群
木棉花
它的躯干笔直但不光滑
树干遍布撞击生活的凸起的瘤刺

木棉的掌心有
轻微痛感
有金属的呼声
高大挺拔岁月
树枝自己向上生长
深入低矮的
被鸟群啄伤的天空
天空它低调随和
木棉花开在我的窗户外面
把黑夜开出了一扇窗户
花朵大型
让蝴蝶有点惭愧
每朵花有五片花瓣
四至五朵挤在同一枝头
四五个我
面红耳赤
（2007-03-13）

盲人骑瞎马

盲人
信任瞎马
盲人骑上了瞎马
怎么骑上去的
不知道
或者有人帮他
或者是自己爬上了
马背
盲人和瞎马心里都收藏了
自己的黑暗
盲人开始了自己的旅程
哲学开始加快了步伐
瞎马把嘴靠近土地

青草和水
变成了黑夜的注释
瞎马奔跑起来
盲人耳朵被风塞满
马骨里铜声满
（2007-03-25）

木棉花系列之八

看到一棵木棉树的花
落完了
我就看到了光秃秃的
天空
天空像小小的坟头
诗人就和指间的烟圈一起
和清明节一起
走进坟头的天空里
会见我的亲人
我外祖母的天空是手擀面编制的
我外祖父的天空是坚硬的方正的麻将牌
我祖父的天空平躺在那里
放在一张木制的床上
在临天亮的时候
塌陷下来
我五弟的哭声最高
我祖母的天空
闪烁了九十多年
所有的星星都如同木棉花
木棉花掉在地上
被人家拣去晒干
用来煲汤
（2007-03-30 11:17:08）

鱼的天空

鱼有两重天
水面是其一
天空是其二
死去的人
就像鱼呆在水里
清明节
一定有鱼跳出水面
（2007-04-04 19:49:36）

拐角

街道拐角处的风和落叶一样
都是累了才停下来的
如同隐士
街道也是累了才拐了角
（2007-04-09）

死去的

被花朵吞噬的部分
从我的左手走到右手
我扛着一截
死去的道路
经过新春
（2007-04-10）

木棉花系列之十

木棉花
全部逃离
地面轻轻的叹了口气
满树的绿如同火焰
绿色的火焰
比起木棉花的红
蜡烛般燃烧的红
她是换了一种表达方式
她同样包围
分割天空的枝条
木棉花的逃离
就像蜡烛的
把燃烧的高度降低
的全过程
（2007-04-11）

燃烧（外一首）

燃烧是一种姿态
所有的都在燃烧
树叶微笑着
看着人生褪下的
灰烬
太阳点燃了海
大海的嘴边
黄昏
像被面一样
铺展
真理和爱
躺下在这平铺的燃烧中
燃烧徘徊在天际

是燃烧的徘徊
还是徘徊的燃烧
苦难
死亡
树叶
徘徊着的燃烧
猜忌
仇恨
阴谋
跳出了燃烧的圈子
楼房蜡烛一样被点燃
蜡烛移动着黑暗和不同的朝代
每一个朝代
就是一根燃烧的蜡烛
世界在燃烧
时间转过脸来
植物
从小
就是绿色的火苗
群山起伏的火焰
火焰
烧伤了星星和贫穷
星星像锅灶底下的地瓜
炊烟
梦想
爱情
升向燃烧的天空
麦子
燃烧
小动物匆忙逃跑
人类举起手背
每一只手就是一只鸟
每一只鸟就是一只火把
鸟的鸣叫
在燃烧的海面
起伏

月亮

月亮是一朵花
花开花不落
是谁扯走了她的
枝叶
月亮是一只白色的鸟
谁折断了她的
翅膀
（2007-04-17）

圈子（外一首）

圈子是一个圆
圆是伤口
花自己开出的伤口
就像婚姻

两场雨之间的距离

我和你之间隔着
从一场雨到另一场雨的
距离
两头湿润
奔流成小溪
江河
我背着太阳大步走过
影子在我的前面
就像爱情
是从哭泣走到哭泣
两场雨之间的距离
需要很多人走一生
（2007-04-21）

树的鞭子

刮风的时候
树的鞭子
在拼命的抽打
树最明白
什么叫鞭长莫及
一朵花梦见另一朵花
一棵树对另一棵树
望尘莫及
（2007-04-23）

于坚和昆明麦田书店

麦田书店的麦子
就是一页页随风作响的书
麦田书店的书籍
就是南风下灌浆的青麦
在火里燎一燎
在巴掌里撮一撮
管你吃的满嘴灰黑
于坚在麦子面前蹲下身子
像一个长者拥如可爱的孩子
昆明钱局街
长满了麦子
乌鸦
把黑夜和梵高收入了自己的
翅膀
店主马力
被于坚的火眼金睛照亮
哲学 诗 传记全都被照亮

于坚扛着一摞书回家
（书店也是他的家）
就像扛着一捆麦子
然后在马力的书店旁边
吃卤猪蹄
多喝了点酒
被卤熟的猪蹄踢了一脚
于坚把便条贴在
澜沧江的源头
不知道用了多少马力的力气
想改变河流的方向
于坚说他和马力都是
大麻
罂粟花一样开放
在莫扎特的音乐中
于坚号召
麦子团结起来
麦田的书屋被拆除了
那些麦子便成了
无家可归的孩子
马力一筹莫展
于坚莫展一筹
（2007-04-28）

芒克麦芒的芒

（读芒克先生的油画有感）

芒克麦芒的芒
麦芒一样的黄
尖锐而且柔软
芒克先生是
转脸向后的
向日葵
满脸的花朵
满脸折叠的阳光
芒克先生的油画
背景是他的向日葵
或者是燃烧的麦田
或者是紧急集合的黄昏
他的竹子竹林
是善良的绿色
竹子在他的画框里
没有梢
也没有根
如同安琪的中间代
没有青山
没有郑板桥
只有梵高一样闪亮的季节
芒克先生满头的白发
他没有染成黑色
也许因为他太憎恨
黑夜了
我觉得他的头发染成
一半黄色
一半绿色
如同先生的向日葵和竹林

后来先生把
竹林的背景变成了
红色
如同把竹林放进人类的
血管里
然后他把两只手
放在裤兜里
就像放回他的白洋淀
(2007-05-08 19:54:33)

恒星的死亡

五月七日
一声剧烈的爆炸
一枚约为太阳
一百五十倍的恒星
四分五裂
一百五十个太阳
开成一朵如烟的
菊花
菊花如同人类的困倦
合上了眼皮
宇宙打了一个呵欠
我也打了
呵欠
两个呵欠相距
二点四亿光年
二点四亿光年
漫长的死亡
菊花点点
泪光闪闪
（2007-05-09）

道路的皮

人们的脚践踏了
一千年
这土地的一根骨头
被狗啃过的骨头
延伸成为
奔跑的金属
道路
止于金属
止于钥匙和匕首
被钥匙打开的道路
被匕首刺伤的道路
匕首剥去了
道路的皮
黑夜沿路撤退
道路的皮
晾晒在谁家的窗口
（2007-05-16）

拆东墙补西墙

拆东墙
用力过猛
轰然倒下
找几块碎砖
拿过来
西墙已经等了很久了
西墙已经嫁给了一场暴雨
雨后
墙根的小草

只是一种表达
两面墙之间迂回的风
悄然离去
（2007-05-22 11:47:57）

植物的尸体

植物守护着自己的尸体
树的尸体站在那里
雨冲刷着
周围的天空
（2007-05-23 12:00:10）

植物的尸体之三

在空气的眼皮底下
我把在社场上
晒干的草
放在铁锅的地下
植物的尸体
焚烧
我用风箱鼓风
火化这曾经
绿过江南江北的草
水在铁锅的另一面
翻滚叹息
（2007-05-24）

改病句

从一个病句
走到另一个病句
每一个病句都是一条
逃跑的道路
语序不当
一条河流压迫
另一条河流
搭配不当
一朵白云
嫁给了一个
离家出走的山羊
成分残缺
没有腿的鱼
和没有腿的海
相依为命
成分累赘
花生在地下收藏了
自己的子民
结构混乱
所有的标点都
成了战争的武器
表意不明
断送了多少
失之交臂的爱情
不合逻辑
我们割掉了
麦地里的稗草
我们生活在病句里
病句包围了所有的村庄和
城市
我们和病句一起

歌唱和相爱
鱼的泪水
照亮病句的理想
（2007-05-24 18:52:42）

芦苇

芦苇是一种暮色
或者说芦苇布下了暮色
江水也是一种暮色
江水收藏了山的根
山才真是根深蒂固
芦苇披散着思考着
披头散发的暮色
（2007-05-25）

翅膀和天空

翅膀就是天空
飞翔的天空
天空就是翅膀
飞翔的翅膀
翅膀在天空里飞翔
天空在翅膀里
困倦
天空是最累的鸟
鸟是最累的天空
（2007-05-26）

剥

剥开花生的壳
剥去玉米的皮
剥出洋葱流泪的内心
剥去一层一层的云
云很大
手臂很短
云衔着雨
手臂被雨打湿
如同拨开一枚橘子
水喷出来
原来太阳也被
雨水浸泡
太阳的皮
放在盐豆的缸里
盐豆缸里的萝卜
融化了穷困的生活
（2007-05-29）

很难

在网上一上午
像蜘蛛一样
吐了很多丝
想等待一首好诗
就像在大街上
想遇到一个好人一样
很难
写诗完全是作茧自缚的过程
或者就像挖一口井

然后就像
农村妇女一样
指着天说
我不活了
然后跳到井里
天听明白了
就放一小块圆形的天空
在井底
这一小块的天空
才是诗
（2007-05-30）

被编织的海

海水用波浪
编织自己
萤火虫
照亮巴掌大的黑夜
黑夜里
火红的巴掌
各行其是
手心数典自己干涸的
河流
手背疯狂的长着
自己的森林
手心的那点温度
足以使被编织的海
沸腾起来
（2007-05-31）

经过一座城市

白色云朵经过一座城市
抚摸了一下八十层大楼的腰
灰色的飞机经过一座城市
和城市的灰色融为一体
只有呻吟的声音
旗杆和树叶一起
舞动声音的呻吟
小鸟经过一座城市
小鸟的翅膀变成城市
柔软的部分
饥饿的城市
把唾液反复下咽
夜晚
星星像死鱼一样
钉在天空
天空代替城市
忍受疼痛
（2007-06-03 13:07:46）

蚯蚓

蚯蚓在土里行走
蚯蚓比土地还软
软的如何通过土地
坚硬的部分
蚯蚓缝合地下的黑夜
蚯蚓顺着一场雨的思路
来到路面
像道路泥头泥脑的孩子
（2007-06-04）

直到云朵变成干燥的棉絮

梦是一块积雨云
占领天空很少的位置
哭起来
却折叠了视线
刷新夜的起跑线
夜有两个孩子
一个是梦
一个是影子
梦是亲生的
影子是领养的
影子从不闹事
趴在哪里都可以睡觉
就像一只猫
梦不同
有时喋喋不休
有时哭声很大
直到云朵变成干燥的棉絮
（2007-06-10）

每一只蝴蝶都是从前的一朵花

每一只蝴蝶都是
从前的一朵花
花变成蝴蝶的
瞬间是怎么样的情景
有谁见到
花朵起飞了
然后自己飞动小小的翅膀
去观看从前的花

一个捱着一个的亲吻
花朵对于枝的感情
枝对于树干的惦记
树干对于根的牵连
根对于土的怨气
应该让树的每一部分
都飞起来
成为自由的鸟
（2007-06-11）

祭奠

打错字了
把几天
打为祭天
还没有点上香火
天已感动的落了
持久的泪
提着裙子的海
没有入睡的空气
光着脚的我
在天的泪水里
在沙滩上
筹备几多错过的
祭奠
（2007-06-15）

行走在风里的金属

让所有的风回到原地

我起草了一份文件
让所有的风
回到原地
重新吹拂这个世界
把影子吹到篱笆上
像母亲给我洗的
那件黑色的小褂
我让风在指定的地方
集合
无边无际的风
站在我的面前
我讨厌风东倒西歪的
样子
为了让风站稳脚跟
树和庄稼自己先立正
行人却左顾右盼
我跑到最后一排
和小个子的风站在一起
我吹了一声口哨
满脸流汗的风
出发了
屏住呼吸的世界
开始了欢声笑语
（2007-06-20）

跨过所有的空间

一切都在飞翔
云朵和天空的翅膀
星星和受伤的月亮
只剩下大地的伤口
酒瓶奔跑
一匹真正的骏马
跨过所有的空间
和欺骗
（2007-06-21）

庄子之一

一条大鱼
几千里的身子
变成鸟
几千里的翅膀
几千里的云朵
迁往南海
几千里的波涛
六月的大风
几千里的雾气和尘土
生物的气息
弥漫
庄子用生物的眼光
注视人类
（2007-06-24）

浮生

竹子把柔弱的身子
隐进墙的里面
土墙并不后退
蝉鸣拍打着池塘
如同小草垂下
靠近地面的叶子
白鸟用自己的小刀
划破靠近水面的时间
村舍在靠近古城的地方
蹲下来把烟叶拧碎
拐杖扶着斜阳
雨水打湿浮生的
清凉
（2007-06-24 12:56:01）

无奈

云飘走了
没有回转
你没有办法
看到她的表情
其实她是想
找个地方哭一场
树摇摇头
但还是在守候
头发掉了
岁月的叹息
和头发一样
一根挨着一根的

接受清洗
头发熬了很长的夜
直到头发自己
变成自己的一线细细的
白天
（2007-06-25 22:14:29）

梅花

梅花
把雪长在自己的身上
（2007-06-28）

记忆的杯子（外四首）

一
记忆像杯子
　装满水
　一口喝下去
微服私访的茶叶
舒展着小小的绿色

二
在大地上快速行走的
沙子
在查找刽子手

三
公交车
像从喷了农药的庄稼地里

爬出来的甲虫
沿着道路这绳索
爬行
卖票的小姑娘
就像绳索长出来蔫的叶子
晃晃悠悠的时代
刽子手拆掉了运转的车轮

四
酒装饰的天空
像一次性的纸杯
在雨后
完成了一次变数

五
野苤麻
在院子里的石磨旁
快速生长
我辛苦一生的伯母
沿着石磨
完成了她的道路
（2007-07-03）

中山陵

中山陵
通往天空的道路
折叠的阶梯
挂着
无数的脚印
以鞋子为家的人走在前面
鞋子透风了
中山先生是补鞋匠
三民主义是他的线
流血的道路

气喘吁吁的道路
是他的线
博爱是他的线
天下为公是他的线
天地正气是他的线
细细的线
拧成小麻绳
编制无数的鞋子和道路
小麻绳系在黎明的腰上
或者黎明就是公鸡的腿
黎明沉淀为公鸡的冠
公鸡的叫声
淹没了血色的山顶
小麻绳拴住了
雄鸡的腿
（2007-08-06）

月光从草垛升起

月光泼洒在社场的草垛上
远远看去
那份执着的蒙眬
如同大写意的雪
但是月光比雪要薄很多
也轻柔许多
月光没有水分
却使夜潮湿
雪厚度大些
手感强些
如同爱情的皮肤
雪从房檐滴落
月光从草垛升起
（2007-08-07）

秋天我们设计我们的曾经

你说今天立秋
我说你怎么看待秋天呢
你说浪漫凄凉是个充满回忆的季节
我说怎么可以浪漫呢
你说像秋风扫落叶一样（彻底）
我说你做秋风还是落叶
我们分配一下
你说叶子
秋风有点残酷
我做什么呢
大树
我不愿意你脱离我呀
离开是为了更加幸福
其实我们没有离开
已经被风吹了
没有曾经何谈分离
我们还是来设计一下我们的曾经
好那你幻想下
曾经我们是虫子
什么虫
吸血虫
为什么
专门吸恶人的
你去吸吧省得抹口红了哈哈
我专门替你抓坏人
你说昨夜蛙声接近蛙声
我说那才应该是我们的曾经
（2007-08-08）

瓶子里的风暴

风的舌头
舔着黎明的长发
还是原来的黎明
却是后来的长发
瓶子里的风暴
拿瓶子没有办法
那些
没有写出来
就被诗人删去的
诗句
在秋天的边缘
长成马嘴边黄昏
马骨头里的铜
收集了散失的黄昏
（2007-08-10）

鱼和熊掌

鱼和熊掌
摆在人类的面前
鱼惦记原来的水
熊掌曾经用力的
抓伤树和落日
你无法选择
因为水里浸泡着同一片
光芒
鱼眼睛里的光芒
熊掌心的光芒
水的影子和树林的雾
一起扩散
（2007-08-16）

安然无恙

我回来到深圳
"圣帕"今天夜里
从福建登陆
明天我要教学生围棋
黑子白子一人一手
像捏着圆圆白天黑夜
手感很好
于是白天和黑夜同时
出现在我们面前
台风袭击海岸和庄稼
袭击白天和黑夜
可是
我棋盘上的天空
安然无恙
（2007-08-18）

裸体的美学

判定一首诗的好坏
与心情有关
黑夜并不拥抱所有的人
黑夜自己打开窗户和门
从黑夜逃出的人
脚底粘了一块
就是自己的影子
诗人在影子的影子里
建设房子和家园
放上哲学和文学
放上砚台和毛笔

放上杨克和他"笨拙的手指"
放上李泽厚和他裸体的美学
诗人用毛笔把黑夜
写在纸上
挂在墙上
墙壁解释说
它的心情比诗歌好些
（2007-08-25）

天空的羽毛

天空梳理着自己的羽毛
　所谓雁过拔毛
　天空无数次经过我们的面前
　低调的时候
　天空会抚摩我们的脸
　我们仍然两手空空
　如果我们拥有了天空的羽毛
　我们就会在冬天体会到
　天空的温暖
　天空在卵孵太阳和月亮的同时
　也会卵孵我们
　（2007-08-26）

火焰微笑着

为了让石头飞翔
　我把它投向天空
　石头落地
　比天空落地伤痕要深
　火焰微笑着
　头颅高昂
　火焰的头颅飞翔
　（2007-08-27）

天空的树林

天空自己知道遥远
和遥远的树林
天空在树林里生长
树林布满天空
天空的树林
你顺着怎样的思路走
把天空打点为自己的行囊
在天空的树林里
月亮把凉水泼下来
星星顶替了树林的果实
那些衔着天空的鸟
吵醒树林
（2007-08-29）

自上而下

玻璃瓶子
塑料绳子
不锈钢的针子
亲人的血管子
自上而下
疾病在红色的
淤积河流里
架起了红色的帆
河岸撤退
岛屿摇头
玻璃的河岸
塑料的岛屿

不锈钢的困倦
肉体的血管
一条河流通向
另一条河流
一百个瓶子
一百条绳子
一百个血管
二百条河流
困倦
（2007-08-30）

九月不远

九月不远
九月是九棵树
一只猴子的胳膊
拉长了树的枝条
枝条编制人类的节日
九月是九枚月亮
我们用猎枪击中了
九枚白色的菊花
花瓣的帐子里
坐着倦怠的新娘
阳光抚摸
早晨和玉米的秀发
棉花和它周围的壳
抚摸疾病和青蛙脚下的
池塘
（2007-08-30）

手心有点热

手心有点热
鼠标不是老鼠
却像鸭蛋
想象你真的握着
一只老鼠
你写出来的诗
是什么样子
如果真的是鸭蛋
肯定
有一天
你会握着
一只毛茸茸的
鸭子
（2007-08-31）

根

一
根
在地下
从苗向上
它就向下
泥土内部的道路
根一生要走多远
它会绕开坚硬的土和石块
根的眼睛被泥土擦伤

二
蚯蚓是逃出来的根

三
南方的榕树
把根挂在树杈上
就像老渔夫
晾晒他的网

四
韩东有一本小说
长篇
也叫根
我把那本书从深圳寄给儿子
没有挂号
寄丢了
（2007-09-01）

根之二

雨
是天空的根
花
开在水面
雨渗透到
大地的每一处
所以天空的根
无处不在
下雨的时候
是天空展示一下
与大地的关系

阳光是天空的根
它使万物发亮
而充满激情
天空通过
太阳
把根扎入每一个生命
显示它的霸权和
神圣
（2007-09-02）

手掌和脸

手掌打在脸上
打在别人的脸上
或者是别人的脸
打了自己的手
（2007-09-03）

手掌和脸之二

一个耳光
其实是打在脸上
两块肉体的相撞
中间被挤压和赶走的
空间
首先感到了疼痛
世界的所有空间
因此移动和疼痛
被震惊的是眼睛
和眼睛里的光

移动方向和
断裂的光
耳光
就是耳朵也发了光
手掌舒展了五条道路
无数的河流和星辰
（2007-09-04）

已是九月

已是九月
我擦去
九枚月亮的
灰尘
把它们悬挂在天空
把秋凉
撒在水面
蟋蟀躲在月亮的背面
跳出月亮斑驳的影
蟋蟀的叫声包围我
擦洗过的九枚月亮
（2007-09-06）

如果

如果道路上行走的只有鞋子
脚怎么办
人类的脚会变得僵硬而多毛
在道路上逃跑的鞋子
像河沟里的鱼
袜子漂起来长成浮萍
人类的脚印会重新回到自己的花样
（2007-09-07）

铁轨及其他

铁轨
下面是石子
上面是铁的
是金属
高速运转的轮子
它们和谐相处
石子一个挨着一个的小肩膀
扛着呼呼作响的列车
呼呼作响的黄昏和黑夜
呼呼作响的打工的潮水
呼呼作响的山峦和
快速退却的平原
（2007-09-08）

感应

你的脚步声大一点
楼梯道拐弯上升的黑夜
立即坍塌下来
感应灯亮了
或者你大声地唱
唱什么
没有关系
灯照样亮
拾级而上的黑夜
照样坍塌
黑夜不理会什么词
比如那一夜我伤害了你
黑夜怎么想

哪一夜我不是被伤害呢
灯光感应容易
心灵感应难了
人类心灵的黑夜
何时坍塌
海水翘着脚跟走过来
在我的窗外
不远处
我只是感应到的
连同我脚底下的深圳
（2007-09）

黑夜越发褴褛

当都市的华灯次第开放
黑夜打开了无数的窗
或者如同疮
黑夜越发褴褛
天空越发空洞
我又想起在路边
遇到的残疾小姑娘的眼睛
她眼睛里的天空
是怎么样的世界
都市的华灯
如何照彻她的黑夜
她像没有及时捐往
灾区的一件
褴褛的衣裳
（2007-09-18）

打手指

在深圳
上班需要打卡
有时
卡弄丢了
就要扣钱
还有朋友代替打卡
现在
新科技
先录指纹
然后
每天上下班
将你的手指按在规定的
机器的缺口
机器里说
谢谢
这算成功了的打卡
我称之为
打手指
手指
身体边缘的部分
就像城乡结合部
可以生产粮食和蔬菜
可以下棋和写字
每一个手指
都有不同的含义
人类有时把黄金和白银的
细条圈在上面
突然记起
五指山
那
我就把打手指

改成打山
每天把一座山
送到时间的面前
然后听机器说
谢谢
（2007-09-20）

石沉大海和泥牛入海

石头沉入大海
大海没有在意
就像蚊子叮了
水牛尾巴够不着的地方
就像哑巴吃了黄连
泥牛入海
泥牛入海干什么呢
泥牛慢慢消失了
它的皮
肉
骨头
石头在海底行走
寻找它的故乡
石头碰伤水中的月亮
问一个弱智的问题
谁雕的泥牛
为什么把它放到海里呢
海底的那点草
太遥远
如同石头的故乡
（2007-09-24）

原谅秋天

秋天无法成熟
所有的果实
有些瘦小的果子
会在树叉里
呆到冬天
有些秕谷
会在农民的木锨
扬场的时候
随风飘走
那些没有发育好的
番薯或花生
会被落在地里
到第二年春天
长出虚弱的苗
原谅秋天
秋天就像一位饥饿时代的
老母亲没有喂活她的
所有的孩子
原谅秋天
深圳的秋天
余秋雨题名的图书馆
一百万册的藏书
现当代诗歌
不到十册
伊沙编的现代诗经
多多诗选
李亚为的豪猪
……
太多的诗人居然成为
秕谷

一千四百万人口的城市
竟然买不到一本
单纯的诗歌刊物
原谅秋天
劳累的秋风
失去了太多
停泊的叶子
渐渐微弱的阳光
如同我得了脑血栓的父亲
用浑浊的眼光
看着南方
（2007-10-03）

悼念诗人余地

你生活在你内心
幽暗的花园
你经常应约
和耶和华一起
喝下午茶
在隧道口
你和太阳一起
用力地挤入
最后的光芒
从窗台上
你摘下月亮
晒干
下酒
月亮不过像
红薯干
现在
白色的花朵
在你的身上

已经变成了翅膀
蝴蝶的翅膀
十鼓
擂十面的鼓
送你下地
可怜你出世不久的
双胞胎的儿子
将来
跑满昆明
也找不到了爸爸
可怜你诗歌
长成的植物
他们并不认识
脆弱的诗人
脆弱的花园
脆弱的幽暗
（2007-10-06）

悼念诗人余地之二

我在商场买了一个玻璃杯子
和一把锁
超市的营业员把我的锁放在
杯子里了
我给营业员说担心它们说话
女营业员
保持沉默用塑料袋装上给我
我提着想
很多婚姻大概就是这种状态
晃动大一点
细碎的玻璃尖叫锁永久沉默
回来到网络
余地的妻子小姚一直在哭泣

盘算着筹钱
给余地买新的衣服和骨灰盒
小姚斜坐在
余地用刀砍杀自己的沙发上
责怪着自己
责怪自己给了他太大的压力
她哭着觉得
若不是自己余地就不会自杀
安宁凤凰山
殡仪馆的凤凰已经早已涅槃
小姚拉着他
伏在上面哭泣怎么也拉不开
最后的一　刻
她又冲了进去尖叫着痛哭了
像碎的玻璃
可怜他双胞胎的儿子在生病
之前的余地
在昆明和伊沙杨克等参加了
亚洲诗人会
散会了余地自己也散了会议
向空气解散
全部的诗歌和花朵和他自己
（2007-10-10）

空门

更多的时候
没有足球比赛
空空的球门
四面漏风
风可以长驱直入
不要用脚踢
其实踢球的时候

风有时也受伤
那些草地
扶起
受伤的风
风也扶起
受伤的草
风和草
互相搀扶
足球憋得那点气
和球迷心里的气
一样
面对空门
足球真想
自己进去算了
免得运动员
拼命的跑
自己也得受伤
（2007-10-11）

井底之蛙

井通往地的深处
又像是大地的一只
眼睛
一只眼睛的大地
步履蹒跚
一只眼睛的大地
一直在寻找它的
另外的一只眼睛
井底之蛙
一群井底之蛙

在开会
好像没有谁同意
帮助这口颤颤巍巍的
老井
突然
一只青蛙
出发了
沿着石蹬
其他的青蛙全在骂它傻
它没有回击
它艰难的爬到了井口
为什么
这只青蛙如此坚决
原来它是个聋子
终于有一天
这只聋子青蛙帮助大地
找到了
另外一只眼睛
（2007-10-12）

秋天的白桦树

和秋天比
人类处于被清冷的早晨
放在裤兜里的手的
逃避的那种姿态
秋天
渺小的人类
弯下和镰刀一样的腰
收割庄稼的头颅
很多的车辆

从白桦树的面前
艰难驶过
轧在车辙里的
小草
就像人类挨了批评后
变的
没头没脑的样子
白桦林不管这些
它如实交出自己的
色彩
（2007-10-15）

向日葵

我毅然的转过身去
另一个你又迎面而来
我没有办法拒绝
一朵花的虔诚
我明白
只有太阳转过脸去
你才会回头
我轻轻的提着
太阳的裙裾
让我的脚
走向太阳的背面
（2007-10-17）

蝴蝶

我看到蝴蝶
在花园草叶间
窒息
我原来以为她
活着
因为她的姿态
没有丝毫的改变
我用草棒动她一下
证实了
停泊在草间的
是蝴蝶的尸体
深秋的南方
黑龙江已经
下雪
这黑蝴蝶
像比指甲大一点的
一小块黑夜
像一根乌鸦
不小心丢失的
羽毛
我真想深圳也
下一点点雪
把这
小小的蝴蝶尸体覆盖
（2007-10-21）

声音

声音会消失吗
登高而呼
远处的人就可以听到
就像高树的叶子
可以飘的远一些
你可以看到叶子飘下来
却无法看到声音
叶子会在一些地方盘旋
然后停下来
声音的家在哪里
云朵越来越淡
直到成雾
还可以再转化成雨
声音徘徊在远方
很多年前的声音
死去的亲人的话语
和灵魂消失了吗
像散失的黄昏
可以重新装订成册吗
按照唯物主义
发出的声音应该
永远存在
顿时我眼前出现太多
我死去的亲人和朋友的话语
比如我祖父说
忠厚传家远
这句话我一直记得
但这句话
声音的形式
我祖父的原话
应该还在宇宙中

也许它去了别的星球
不像一枚叶子会
腐烂掉
（2007-10-23）

狐狸

狐狸和天空一起
路过一片雪地
天空走在
狐狸的
前面
狐狸的脚步
很轻
踩着天空低垂的衣襟
但是走不出成语的桎梏
狐狸藐视
成语
藐视人类
它认为它和老虎
没有瓜葛
它趁着雪夜
趁着老虎和成语的熟睡
离开自己的窝
还有就是带走自己贴身的皮毛
像天空一样
带走自己的皮毛
它认为
天空和人类比它狡猾
它自信的目光
穿透天空和雪地
（2007-11-13）

羊圈里的月亮

今夜
这枚月亮
落进了羊圈
像只饥饿的羔羊
雪白的老母羊
移动着
自己的月光
把葫芦一样的乳房
耷拉过来
伸给了
这枚饥饿的月亮
把压在身底的干草
也移一点过来
以后的日子
我看到这枚
吃过羊奶的月亮
更白了
（2007-11-23 10:05:08）

蛇皮的天空

月亮落下自己的花瓣
背着蛇皮袋进城的
兄弟姐妹
父老乡亲
背着自己
蛇皮的天空
背着叮咬自己的蛇

和蛇一样
在都市的夜晚
蛰伏潜行
落完花瓣的月亮
老泪纵横
（2007-12-05 09:52:12）

骨头

老家的原野
我记忆清楚
庄子东边
坟里
躺着
我的祖父母
的骨头
南边的坟里
躺着我祖父的父亲和祖父的祖父的
骨头
西边的坟里
躺着我的伯父伯母
的骨头
北边是古老的黄河大堰
再向北是洼地
长水稻
也有坟和扒河
露出来的骨头
都是我的乡亲
我看过一次移坟
扒开一层层的土
把骨头拿走

埋在另外的地方
我是相信灵魂的
也许这些骨头
会在社场的草垛边聚会
用他们的磷光
照亮后人
所以村庄并不寂寞
死去的亲人
用灵魂守护着
故土
用骨头
和庄稼说话
喜鹊压弯
桑树的枝头
杏树绿叶间
青青的杏子
小样儿
正豆蔻年华
（2007-12-08）

雪与脚印

雪冲出了
脚印的底片
你因此
看到了
路的承载
和伤痕
落在房顶和
草垛上的雪
会有鸟的爪痕
雪流泪的时候

通过屋檐
通过草叶
雪惦记
从空中
飘下的那段
自由的情景
（2007-12-12）

踮起脚尖

踮起脚尖
把手伸向一棵
挂满果子的树
树却把枝条伸向
周围的天空
树耸了耸肩膀
手还是摘不着
果子在枝丫间笑
算了
招招手
急着赶路
过了二十年
才想起当年的那个下午
怎么没有爬上树
放弃了向上的道路
树皮下面的秋天早已
为你而潮湿
或者找来一根竹竿
再和竹竿一起踮起脚尖
（2007-12-14）

稻草人

稻草
和人的关系
就是人和冬天的关系
口才好的人
可以把稻草说成
金条
但稻草只是
一棵水稻的
尸体
辘轳碾过
粮食
迅速逃跑
姿态和一条
被追赶的河
大不相同
金色的草垛
沐浴风雨的时候
它的儿孙们
占领了
田野
稻草人
戴着斗笠
系着腰带
藐视麻雀的搭讪和微笑
就像藐视婚姻
世界和稻草人一起
走在回头的路上
稻草人速度要快
很多

（2007-12-20）

一草根

北方
雪用柔弱的白
潮湿的羽毛
守护着
蛰伏于冬天的
一条河
河堰松土里的草根
草根的鹅黄
以及逐步伸展的绿
河流
起源于草根
草根起源于雪
雪起源于天空敞开的子宫
每一棵草根
都是一条河
布满草根的大地
大河奔流
咬着草根的岁月
流离失所
（2007-12-26）

桂花

在楼的拐角
一排
桂花树
我每次路过
扑鼻的桂花的香
掠过

桂花的香
如何浸泡了周围的
气体
在多大的空间
弥漫
只是深深呼吸一口的
距离
我已经跨出了她的范围
桂花的体香
使得楼房在此
拐了一个角
如果你没有遇到
纯情的女子
你如何体会桂花的体香
　桂花般开放的女子
　开满桂花
　桂花如何击碎
　空气这脆弱的玻璃
　使爱情开始远行
　玻璃如何使桂花忘记
　伤痛
　（2007-12-26）

新年沿着两条江

新年沿着两条江
步行走过来
两条江因此
会合
两条江如同两条腿
穿着两条裤子的腿
在冬天
坐时间长腿也麻
两条江如同两瓶

啤酒
冰冻的啤酒
流在我和老夏的肚子里
两座桥
等待春天
桥下弧形的天空
一半泡在水里
新年如同被临摹的字画
标价很高
新年沿着两条江走来
不如一碗番薯粥
或者一个烤番薯
如果把湖水
抽干
把湖底的土放在你面前
如同爱情
你喜欢新年还是喜欢爱情

行走在风里的金属

小脚丫

大海举起船只
用它的浪花的肩膀和微笑
天空检阅候鸟
用它的呼吸和歌唱
萤火虫
自己提着自己
把小灯笼
交给了在森林里迷失的
盲孩子
如同
飞翔的红羽毛
寻找秋天
蚂蚁经过落叶
落叶里干涸的河流
支撑着蚂蚁金属的
小脚丫
　2008-01-02

给月下音影

你看到过
月光下
声音的影子吗
声音的影子很重的
击打了土地
声音的影子
是橘黄色的
她穿着橘黄的上衣
和月亮
不辞而别
她和树摆出
亲密的姿态
花朵的姿态
她用两只手
拉着一棵树
声音则如长发飘荡
声音想回家了
把影子落在月光下
世界因此静止
（2008-01-07）

匕首是金属尤其坚硬的部分

匕首是金属尤其坚硬的部分
它对准人类真实的内心
死亡的匕首
锈迹斑斑的情绪
落叶的光芒
照亮落日和黄昏
都市的歌声
抖落嘶哑的隐疾
带着残疾乞讨的群体
夜半捡拾垃圾的少年
虚伪
争斗
狡诈的人类
大山用黑暗的嘴巴
吞食
或者扯住
流水的衣襟
匕首锈蚀的过程
就是人类或诗歌
眼前的道路
（2008-01-07）

红河在天

红河在天
太阳像腌制的蛋黄
一群大雁
经过了一场战争
天空的河流
云山起伏

波浪来到
你的门口
风暴脱下了
自己的外衣
瓢虫
徘徊在黄色的花瓣上
小心翼翼
如同迈入洞房的情形
红河
铺天盖地的红
被高粱和高原同时
举起
红河在天
淹没星辰
红河漫过
星辰在土里生长
被牛角和猪嘴同时掘出
（2008-01-09）

丁香雨雪

下雪啦
丁香的声音
来自我千里之外的老家
来自枝头
人民如枝条
雪花如同枝条
来自千里之外的
行走和逐渐变白的
枝条
雪大吗
但有雨
丁香的雨

现在地面还不见白
深厚的地面
丁香开漫天
雪花的笑声被雨淋湿
诗人把思乡传递
乡亲贫困压碎天空
细碎的天空
洒下了多少永恒的记忆
麻雀还在开会
雪花也来开会
还是聚会
哪一片是我
哪一片又是你
哪一片是天空的碎屑
魏鹏被小雪花飘到厕所里去
管一驾驶着一片雪花
要去天国看望刚刚离去的祖母
白色是一种悼念
悼念我的辞世的
亲朋和百姓
谁
带领麻雀在电线上开会
诗歌把汉瓦一捻
瓦片　变成雪片
片片瓦壑　片片晶莹
片片天空
雪花湿透一片瓦
丁香醉倒两地情
屋檐滴情丁香雨
石头抱紧自己
雪花飘洒银子
大卫栽种玉兰
玉兰是一种悼念
对我的先民的悼念
我听到千里之外的丁香

玉兰树上开满了白色的雪花
我看到千里之外的丁香也在
悄悄绽放
白色的绽放
我听到
丁香
的香
在簌簌的飘落声中
如幻化般曼延
弥漫太空
弥漫新一年的春天
弥漫丁香的雨
丁香的雪
千里之外的我先民的雨
先民的雪
（2008-01-11）

和 tz 对话

曾经对文字有敬畏心
后来文字对我敬畏
很有折磨它们的倾向
文字属于无过失的一方
所以需要呵护
　每天用到它
却难把它们打理的精致
很粗鲁的使用着
和锄头一样的工具
让它们毫无光彩
锄头用了就会有光彩
因为遇到了卷动的土
锄起来的土的小波浪

漂着蔫草
痛苦的是草
它们长错了地方
长在沙漠里
一定给人惊叹赞美
沙漠是更软
的草
胡杨树
胡杨树林
徘徊在沙漠的边缘
如同旧衣
（2008-01-12）

和 tz 的对话之二

家乡在下雪？
是的，很多的白
盖住了很多的黑
这样看来，雪是不是肮脏的同谋？
不过难持久呀
雪毕竟是单薄的，撑不了太久
最终同流合污了
或者是乌合
天地浑沌，乌合之众
白雪皑皑，内心宁静
一半雪一半浊流
一半是海水，一半是火焰
不同季节不同地方而已
别的，没有不同
有，心境
在我，就是一半一半的心境
男人的一半是女人，雨水的一半是雪花

雪花的一半是棉花
棉花的一半是手指
柔软的洁白，冰凉的柔软
易脏污
易板结
雪历经尘世污浊，弃了形骸，最终才升腾，
回到天上
人，这点比不得雪
其实一样
也要回到天上的
人类的臭皮囊，最终归于尘土
尘土飞扬
哈卷土
卷土飞扬
无法预见，迷了谁的眼睛
只想迷住天空
尘埃总一朝落定
飞进眼睛，幸运的话
作将军泪
化相思雨
也不枉此行吧
哈哈，浪漫
　一半总是女人吧
也许是诗歌
人如诗，难免凄清
人生如诗，可堪滚滚红尘？
诗如人，总算空灵
诗，逃避现实片刻小憩
（2008-01-25）

一只鸟亲吻另一只鸟

一块石头有着怎么样的黎明
一朵花躲在自己的黄昏里
一只鸟亲吻另一只鸟
　是多么的生硬
　雪在马的睫毛上
　一动不动
　残荷在水底下
　收着一段白
　如忘记逃跑的
　启明星
　（2008-01-13）

亲吻

在树枝里行走的叶子
从根走到枝头
需要一个漫长的冬季
从雪里伸出头的麦苗
需要一个晴朗的中午
飞鹰一样
翕动的黄昏如
石头亲吻着石头
河流一样
醒来的信念
奔向大海的黎明
新婚的植物
在大地上点起灯盏

成千的花朵
举起远道而来的春天
土地的嘴唇
美酒的嘴唇
和人类并肩行走的节日
接吻
（2008-01-27）

雪和错别字

大地并不是平铺直叙的
一篇文章
因为
河流流走了
关键的句子
我们承认
雪的白描手法
但
标点这鸟群
因落雪而不停的
移动
于是
病句在不断的衍生
我觉得很多人是错别字
因为偏旁的错误
而误入歧途
（2008-02-01）

雪花万箭齐发

雪
赤裸着
走进更多人的赤裸的内心
如同鱼虾的海底浮出水面
锅底黑
因为火的金属
摆弄着柔软的身子
年底是什么样的黑色的口袋
一些当官的口袋
没底
谎言的口袋延伸
瓷器拥抱泥土的口袋
雪花瞄准黑夜
万箭齐发
（2008-02-06）

经过落日

向远处看
谁都可以
经过那枚
落日
比如一群鸟
一位牵着牛的农民
或者如虫子一样爬行的
火车
或者一场雪
可是那颗如同爱情的心
沙沙作响
千百年过去了
有谁真正走入
（2008-02-08）

酒

酒
生活在
玻璃和
陶瓷的
空间
玻璃和陶瓷
拥抱着这些
液体的火
酒
顺着血管
爬到人类的额头
酒
从内部包围
人体
人类的退路
就是一条河
瓶子里的河
（2008-02-09）

列车内的人口密度

列车内的人口密度
约为每平方米
六至七人
正月初七的列车
开往南方
抱在年轻的父亲怀里的婴儿
塞在卫生间里的老人

行走在风里的金属

随列车穿过
山洞
横七竖八的睡眠
如同久旱的土地一样
干裂的人类的嘴唇
被车外的青山和树木
耻笑
（2008-02-13）

拐杖

拐杖是天空的
另外一条腿
拐杖知道大地的痛
拐杖不生根
也不发芽
拐杖节奏缓慢的行走
拐杖跌落的时候
他的女儿
写出悼念的诗

雪被晒干后

雪被晒干了
无数次的晒干
沙漠开始起伏
（2008-02-16）

刀

刀
跟蔬菜有关
碎尸万段的植物
不见逃跑
刀
跟动物有关
鲜血直流的呐喊
跑也没有什么用
刀
和战争有关
正义和非正义的时间
纷纷倒下
刀
和生殖器有关
司马迁的史记
是无性繁殖
无性而辉煌的金属的
闪光的火焰
（2008-02-17）

雪花和树叶

雪花和树叶
共同点
都要在空中
经过一段路
来到地面
树叶从枝条上挣脱
如果雪花也是这样的

那么天空肯定
有好大的树林
白色的树林
树叶不会融化
但可以燃烧
我曾经用铁条把
落叶串成串
然后放入锅灶里煮饭
雪花不可以燃烧
也无法串成串
只是她甚至让人感到
暖
树叶春天只是嫩绿的芽
秋天便舒展为焦黄的蝶翼
雪花只是一味的白
雪花在房檐低落
春泥开始疏松
落叶在草垛里喘息
然后被山羊的嘴
嚼成冬天的咒语
（2008-02-22）

这肉体的小树林

如果躺在地面的烟蒂
瞬间变成了老鼠
如果老鼠
在春天变成奔跑的
花朵
如果一群人同时
举起双手
张开五指

这肉体的小树林就
立即放弃了
权利
金钱
和争斗
（2008-02-24）

子弹的翅膀和脖子

如果子弹长出翅膀
它大雁一样伸长脖子
在天空飞翔
天空会怎么想
天空的蓝会怎么想
如果子弹摆脱了
枪口的方向
经过自己选定的
皮
血
把人类的罪恶
中伤
子弹将开出
可爱的花朵
卷土看到一群子弹
努力飞翔的模样
（2008-03-04）

急转弯

一
兔子没有睡觉
这次也没有赢得比赛
因为乌龟把
比赛终点设在海上了
兔子站在海边
看这汹涌的浪花
和萝卜白菜不一样了

二
说黑鸡和白鸡
谁更厉害
答
黑鸡厉害
因为黑鸡可以生白蛋
白鸡不能生黑蛋
黑鸡和白鸡的羽毛
如同白天和黑夜
太阳是蛋黄
如果生出黑蛋
连蛋黄也黑
那么
世界就真的暗无天日了

三
说黄孩子是黄种人生的
白孩子是白种人生的
那么绿孩子呢
答绿孩子是变种
卷土认为绿孩子
是植物的孩子

（2008-03-05）

小翅膀（三首短诗）

一
大海是个十足的思想者
你看它额头的起伏的皱纹
二
成群的野牛
被狮子追赶
跑成大地的波浪
三
鸟群
瞬间遮住低矮的天空
微风中斜着小翅膀
如同在空中静止的落叶
（2008-03-06）

我与词牌

我在水调歌头里
掉过头来
踩着菩萨蛮
遇见了泥菩萨
谈到它的那次过江
谈到水
和身体的削弱
我路过春天
醒目的蝶恋花
我在蝶翼修建
我的寓所和春天的墓地
花因蝴蝶的飞翔而止步
上帝对河流

撒手不管
我在西江
看到月亮
光着身子的月亮
在收割水草
（2008-03-07）

黑与白与绿（三首）

一
乌鸦
飞行的黑
驮着飞行的黄昏
煤炭
埋藏的黑
孕育埋藏的火种
二
戈壁
雪崩
少女
抱着
羔羊
被奔跑的雪掩埋
崩溃的雪
崩溃的白
羔羊
没有长大的白
三
春天
树木嫩绿的枝条
挪动着柔弱的身子
向天空行走
用力拉着树干和根
（2008-03-07）

脚踏两只船

如果两条船
平行运行
而且
中间只有一步的距离
你才可以
每只脚踏在一条船上
看胯下的流水
一个果子如何
同时长在两棵树上
两棵树无法像
两只平行的船
但是它们的枝条可以
互相捆绑
一条鱼应该可以
同时生活在两条河里
因为两条河可以
汇合在一起
（2008-03-09）

花开之前

花开之前
是花骨朵
花骨朵之前
是光秃秃的枝子
花从枝条里
如何走出来
（2008-03-10）

敬畏

春天
无数的根
抓紧地面
无数的动物
在河流的身边
俯下身子
表达对河流的敬畏
无数的动物变成了河的支流
河流在动物的体内歌唱
在人类的目光里
生根
长出茂密的树林
河流细微的支脉
在春天的草叶上徜徉
（2008-03-11）

花生和鸟

花生勒紧自己的腰
鸟在蛋壳里生长着潮湿的羽毛
（2008-03-17）

蛇的舌头

芦苇守护着一方冬天
一声孤独的鸟鸣如
天空的干裂的缝隙
天空因谁的吻改变了颜色
蛇的舌头晃动着加入了
麦苗整齐不断生长的队伍
黄昏的小手拨弄着天空的
花瓣
婚姻的脚步
走在道路的指纹里
蛇的没有皱纹的舌头
退回到没有腿的肚皮里
（2008-03-19）

铺下自己

夕阳在海滩铺下自己
满地的红
红得像至高无上的借口
高粱太累了
同时铺着自己的
红
黄昏失去了自己的
高度
（2008-05-09 21:02:32）

裂缝（外一首）

鸟的翅膀
翻晒着流动的
风
鸡蛋里
演义生命的过程
大地悚起了的山脉
像一批
牙齿和
裂缝

萝卜和人

萝卜
从土里长出来
鱼从水里冒出来
人从地震的废墟里顶出来
伸长他的脖子和
满是
泥土的脸
（2008-05-16）

名字

埋在地下的名字
变成蝴蝶
飞出来
变成小草
长出来
风会抚摩
你们的名字
你们的名字
在土里扎根
在空气里
盘旋
每一个名字
一个独立的
翅膀
每一个笔画
支撑着一个
没有瞑目的灵魂
（2008-05-21）

黄昏逃离时只穿睡衣

黄昏逃离时只穿睡衣
拖鞋
在广场睡去的稻草人
把从瓦砾上
站起来的影子
疏散出去
红色没有绝望
一根线

如何通过针眼
如何缝补
大地的伤口
（2008-05-22）

区别

一只麻雀
蹲在岩石上
和一只鹰的区别是
什么
鹰是石头的一部分
麻雀是草垛的延伸
（2008-05-30）

接口

长夜的接口
像两根旧钢管的接口
已经生锈
断裂
弓着身子
在钢管里爬行
长夜金属的叮当作响
（2008-05-31）

鸟鸣和大海

鸟鸣是大海的一部分
鸟鸣在天上流淌
汇集
被船舶缝补的大海
被树枝拉伤的鸟鸣
被诗人收在玻璃瓶里
放回大海
漂流
（2008-06-01）

如果

如果所有的树叶
迅速变成石头
那么
你会听到
石头滚向大地的声音
轰鸣
枝条迅速劈裂
耷拉
如果石头迅速变成
树叶
你会看到
大山
马上飘起来
按捺不住
漫天飘逸的山
碰伤云端
（2008-06-23）

如果之二

如果每一秒的时间
就是一根头发
你是否
体会过时间
由黑变白
然后脱落
密密麻麻的时间
覆盖你的被梵高
割去的耳朵
和你天空一样
平坦的前额
然后
密密麻麻的变白
密密麻麻的脱落
（2008-06-24）

婚姻也是

气球
里面和外面的
都是气
婚姻也是
城里和
城外的
都是人
梦境也是
水果和气球
不同

水果里有
汁水和果核
气球爆炸后
皮丢在地上
水果的皮
被刀刻下
人类和
水果和气球不同的是
不再
在乎
脸皮
（2008-06-25）

关于村庄的小

村庄小到一滴鸡毛
小到一根针
以及针眼
里的空间
蛇行而过的
麻线
小到一粒芝麻
和春蚕的
当初
的黑
小到
蚂蚁的脚印
小到溶解后的
盐
（2008-10-10）

喊住

寂静的夜晚
我突然被月亮
喊住
因为我
踩死了一只蚂蚱
（2008-10-11）

找

为了找到水的骨头
我涉过
一万条河流
指尖滑落的河流
为了找到水的骨头
我咽下
一万杯的茶
舌尖停滞的茶
蝴蝶夹紧翅膀
撑起的脊梁
爱情如同
隔世
在蝴蝶的翅膀
滑落
（2008-10-14）

玉米是另一个世界

玉米是另外的世界
它们如期的抱紧自己
如同一个星系
在我童年的手掌
和乡亲们的
手掌纷纷坠落
露水在太阳到来之前
坚守着自己
月亮是一条道路
莲藕握着自己的
脚
睡觉
（2008-10-18）

音乐会

一群蚂蚁
抬着一个
手机
入了洞穴
手机的铃声响了
蚂蚁迅速后退
鸦雀无声
蚂蚁
静静的听了
一场别开生面的
音乐会
（2008-10-21）

星星这死鱼

天空是条河
无边无际
星星并不是鱼
因为它生硬
冰冷
发着寒光
天空流淌着
水在星光下滴落
没有方向的天空
星星
扮演了鱼的角色
鱼的眼睛的光芒
鱼的呼吸
鱼的气息
生硬的气息
流淌
天空流淌着
直到决堤
直到
星星这死鱼
挂满网口
（2008-10-26）

头发丝

一根头发丝的内部
你走了多少年
从黑夜走到了白天
（2008-10-29）

神仙的窗外

一串红辣椒
一串黄玉米
挂在神仙的窗外
一根烟袋管
衔在冬天的嘴边
草原光着脚
站在呼呼的风里
泥土打开自己的天空
天空耕耘自己的泥土
把炊烟收割完毕
捆绑起来
和辣椒玉米一起
挂在神仙的窗外
（2008-11-01）

甲骨文

脚印随意的蒸发自己
路依旧躬身前行
松鼠用尾巴盖住自己
夹着尾巴做人
成为东方人类的
修养
腿脚麻木的冬天
印满倾斜的
甲骨文
（2008-11-03）

雾之二

雾的小翅膀
飞满天空
伸手可及的视野
潮湿迷茫

踩着雾珠上升的秋季
打着柿子的灯笼

柿子挣破了自己的皮
在雾珠收藏的道路里
燃烧
（2008-11-05）

生命

一张纸的生命
惨白
虚弱
文字拉直它
它心跳的曲线
一阵风把它刮走
一把火把它点燃
灰烬
铺向天堂
文字坠落下来
（2008-11-10）

如同星子

一滴水如何守住
自己的
潮声
一阵风如何守住
自己的方言
一朵花在春天
说过
什么
（2008-11-13）

舌头

突然记起蒙着眼睛的驴
然后想到
用双手蒙着自己的眼睛
已经多年
冬天的汪塘内心的明亮
被鱼衔走
为什么一个冬天的橘子
包含了这么多冰凉的
舌头
（2008-11-15）

脚步

雨的脚步满过天空
雨的脚步改变了河流
风的脚步漫过人类的内心
风的脚步改变芦苇的花
（2008-11-17）

旷世

月亮是谁的脚印
踩伤了旷世的爱情
阳光是怎么样小心的
经过飞翔的鸟的翅膀的
飞鸟搬移着翅膀上的
阳光
树叶却留住手心的温暖
（2008-11-19）

河流的两端

河流的两端
都接近黄昏
黄昏因此流淌
成
两条黄昏
流淌
又因严冬而结冰
走在结冰的黄昏上的
童年躲在
草垛
草垛收集的
散失的黄昏
和村口的
母爱
（2008-11-27）

卷土看到

落日接近芦苇的花
芦苇的花如同棉絮
苇花并不燃烧
卷土看到
大片的文字
熄灭了自己的灯笼
（2008-11-30）

被你呼吸过的空气

被你呼吸过的空气
顺着两个鼻孔喷出
像两块木板
在各自的河流
飘荡
冬天的早晨
却像两团棉花
停留在你的面前
并不见棉花的枝和叶
你不停的呼吸
棉花不停的堆积
变成羊群
羊从你的两只鼻孔
跑出来
直到呼吸停止
从你两只鼻孔里
呼吸出来的
木板
就变成两口棺材
装载你和爱人
从你两个鼻孔
呼吸出来的棉花
会做成两床被子
盖在你和爱人身上
而从你两只鼻孔里
呼吸出来的羊群
会在春天的草地
自由徜徉
（2008-12-06）

悼念福建诗人沈河

沈河是一条河
我浏览过他的博客
他的诗和圆木
被浪花的小肩膀
扛着
向下游流淌
他其实就是那截
浸泡在水里的圆木
我很欣赏他的诗歌
曾经邀请过他来参加我的
圈子
他过来溜达过
但没有加入
突然从网上知道
沈河的河流干涸了
他的博客定格在
2008 年 11 月 13 日
他的清凉入木三分的
房间
让网络诗人寒心
他想把天烧个窟窿
又给火打伞
诗人的灵魂和
齐刷刷的衰草
和受伤的树
在诗歌里生长着
直到不远的冬天
（2008-12-07）

衣服

把城市当做一件衣服
很难洗涮的衣服
坚硬的混凝土的衣服
金属的衣服
道路缝补着
黄昏跌伤的胳膊
一个轮胎突然爆破
你的城市的这件衣服
发出了突兀的
响声
三个轱辘的城市
一件报废的衣服
挂在冬天的灰尘里
绑上护膝
带上头盔的
城市
僵硬的铁冷的衣服
灯光昏暗
灰尘满眼
（2008-12-10）

也写原谅

地上的蚂蚁原谅了人类宽大的脚印
和脚印里宽大的黎明
原谅食蚁兽的尖细黎明
树上的鸟原谅了人类黑暗的枪口
和枪口里的瘦弱的河马的黄昏
河里的鱼刺摆在人类的面前
诗人用海水冲洗着天空
和被豹子丢失的星星
（2008-12-14）

去世的草原

把草原镶个边
你看到了它的遗像
死去的草
修改了风的形象
一匹枣红马
滞留在死去的草原里
看到镶有黑边的草原
放慢没在草丛里的
脚步
哀乐想起来
草原闭上眼睛的那一刻
我病中的父亲
把过冬的棉衣
掖了掖
雪在天空徘徊
选择下落的空间
（2008-12-17）

支撑

火焰搀扶着冬天
柔弱的身子
鱼在水草边
吐着
自己的泡沫
蝙蝠把自己挂在
洞穴的黑暗里
骨头如何
吃力的支撑着

人类
脆弱的灵魂
芦苇如何挡住河水的蓝
比鱼的身子纤细的蓝
芦苇瘦弱成秋天风干的肌肉
芦苇挥舞着天空
天空的蓝在河流里
沉淀
天空在深秋的河流里
冲洗
自己波浪一样的表面
（2008-12-28）

年底

年底
底
有多深
用中指
取玻璃瓶子里
最后的药片
深不可及
把瓶子
倒过来
我父亲把
年底倒过来
放在手上
年底
居然有了他的
高度
然后撕开
塑料袋
从头到底
年底原来如此脆弱
（2008-12-31 05:31:34）

水

水
一个踩伤一个
直到浪花的顶点
提着裙子的泡沫
右手在左手上
写着
自己的名字
 (2009-01-03 21:05:27)

雪

谁在下雪
雪
是从一朵棉花
开始的
天空就是一朵
棉花
人类仰起脸
体会雪花的凉
人类的脸上
开满雪花
黑色的鸟突然飞起
为黑夜开辟
最后的退路
 (2009-01-06 07:43:29)

人类煤炭一样的内心

诗人
扛着自己的铲子
顺着黄昏的表面
挖
下去
没有挖到
泉水
却
挖到了
雪
和黑夜
人类有些人煤炭一样的内心
被雪
掩饰
退出来的黄昏
堆积流淌
　(2009-01-06 07:49:29)

梨花

赵丽华把梨花藏在莲藕里
赵丽华就是莲藕
美女的身段
如同温柔的纯净的池塘
渗入池塘的黄昏拖着
叶面上茶色的蜻蜓的影子
荷叶给汪塘打伞
给莲藕　打伞
婚姻的方式对于女人

就是把莲藕
放进泥土
才长出芽叶
所以男人是泥土
是湿地
我不了解赵丽华的婚姻
却知道她长出了诗歌和
梨花
她手里握着荷叶的伞
　（2009-01-12 22:18:29）

挖掘

我们必须
挖掘
埋藏于地下的天空
我们的铁锨
使天空发出
沙沙的声响
天空的头颅
是一粒种子
在诗人的土地
萌发
是谁砍下了天空的
头颅
天空的脖子
喷出的黎明
使我们的铁锨
和土地
流淌着
鲜红的血液
　（2009-01-15 09:09:22）

梅花迎春

梅表姐处女的身子
在雪中绽放
雪代表让人羡慕的
渴望
如何顺着花蕊走过
到达另外一个春天
到达罂粟
如何把梅表姐和罂粟
同时出版
在春天到来之前
(2009-01-26 10:17:09)

一条毛毛虫

路从脚面上走过
路也是累了
你觉得诗人的想象
太突兀
其实你可以把路
想象为一条毛毛虫
在你的脚上繁衍
(2009-01-29 05:21:58)

耳朵

所有的花朵都是一只耳朵
在春天
悄悄打开
晚春
所有的耳朵
掉在地上
春天就变成了
没有耳朵的
头颅
(2009-01-30 10:29:26)

树杈间

如果
深夜
所有的灯
都像鱼一样
向同一个地方游去
那么鱼身后的黑暗
就会沉淀到海底吗
生活在土里的动物
死后就自己掩埋自己
人类在伐木声中
锯断自己的目光
没有雪的冬天雾气彷徨

停留在诗人窗外的树权间
——回赠诗人杨春生

请允许我联想到羊
羊
羊比草
跑得快
羊和天空一起俯下身子
春天就诞生了
或者联想到
杨树
杨树笔直的举起
银色的
道路
和道路的嘴
春天顺着
杨树的
枝叶
的道路
诞生起来
你通过一群小草
走进去
顺着羊脖子的白
走过来
顺着白杨树的
银灰色的
城市
给卷土准备耕耘的
犁耙
　(2009-02-03 15:21:08)

提着脑袋

在战场上
一个士兵对师长说
拿不下高地
英雄提着脑袋来见你
提着脑袋行走
眼睛应该在自己的手里
鼻子嘴巴都在自己的手里
月亮里干涸的河床
在谁的手里
没有头颅的肩膀
没有头颅的河床
没有头颅的战争
去见他的首长
　（2009-02-12 14:38:09）

春雪

对于一座古老的城市
一场春雪
显然比较肤浅
空气中有细碎的冷
把细碎的温柔
触摸为水
或者为雨
会让你从肤浅联想到
付钱
　（2009-02-19 18:05:45）

收藏的脚印

春天
每一朵花
松开自己攥紧的黎明
土地的疼痛
被犁耙再次划伤
鱼吐出
吞进去的水
蚯蚓自己取出
收藏在体内的泥
雪就把收藏的脚印
拿了出来
(2009-02-24 16:36:02)

赶集

集在前面跑
像一群鸭子
赶集的人
直到把集赶到水里
集在水里
飘向另外一个集镇
人群像包菜的叶子
拥挤紧贴
生长
街头
大鼓敲起来
听说书的人

和情节一起抱紧一棵树
油条在油锅里站起来
柳条的编制品
有着肉体的质感
（2009-02-25 07:53:46）

春天的一场雪

春天的一场雪
从殡仪馆开始的
从我的同学
司海涛父亲追悼会出来
雪陡然而降
从天而降的雪
大部分摔碎了
找到它完整的形状
让它通往六个方向
一个显然通往
天堂
一个通往写有诗章的白纸
一个通往柔软的棉花
一个通往晒干的海洋
一个通往荒芜的村庄
一个通往挂在树上的冰凌
像温度计一样的冰凌
雪的内心灌满流动的水银
有谁为一场雪测量过
体温
（2009-02-26 22:50:05）

朗读

大海褪色的过程中
飘落的花瓣停留在空中
黑夜和木棉
在大声的朗读
天空正在撤出
土地
正在沉入
秒针拨动的时间
　(2009-03-01 21:08:28)

河流是谁的泪水

土拨鼠在挖掘月亮的空壳
一条蛇
扔下了这月亮的空壳
蚂蚁围绕着
月亮的空壳
诗人用香烟把
月亮的空壳熏黑
大地站起身来
河流是谁的泪水
　(2009-03-15 18:06:28)

骆驼与沙漠

骆驼想努力
直起身来
就像沙漠
想努力记起它的前世
　(2009-03-17 21:05:32)

向天空流淌

树
向天空流淌
叶子的波浪
绿着
拍打着天空
根深叶茂的
河流
流向天空
　（2009-03-19 10:33:38）

日记一则

今天早上锻炼回来
我看到一条狗
被轧死在公路上
血肉模糊
内脏从小狗的口中吐出
公路生硬的和小狗躺在一起
我见过轧死的麻雀
轧死的小鸡
小猫以及它们的涂地的肝脑
见到过轧死的人和他们的车辆
道路生硬的如同喉咙里的鱼骨
我想到了前世和灵魂的概念
不同动物不同颜色的魂魄
在春天不同颜色的植物上爬行
　（2009-03-22 22:04:18）

海子廿周年祭

海子
一块亚洲的铜
和河流一起穿着白色的鞋子
会飞的鞋子
你站在太阳的芒上
建立诗歌的家园
在青麦地上奔跑
从自己的包裹里打开自己
屁股下坐着
老不死的地球
脑袋是一只猫
廿年过去了
睡在少女被窝里的猫
是海子真正的诗章
而今兰州一带的麦子
又快要熟了
诗人你写诗的笔是否丢在了麦地
你坟墓的木板的断裂声
昙花一现
风吹过诗人所有的村庄
吹过处女和桂花
海子
你走入了潮湿的泥土
和无人交谈的水面
和宝石的尸体
廿年过去了
雨水无数次的清洗过你的骨头和
诗歌
梨花的血液里漂泊着你居住过的
村庄和房子
廿年

天空高过所有的
岁月
居住在空杯子里的众神
请再次安息海子的诗歌的灵魂
（2009-03-29 10:52:35）

三十里桃花

三十里的桃花
守着三十里坡
三十里的红
春天的血管跳动
三十里的花蕊
无数蜜蜂出入的
帐篷
桃花握紧春天的血
三十里之外
是一片纯洁的水
湖面收集天空的影子
鸟的翅膀
被湖水跟踪
驮着墓碑的山体
徘徊运行
纸钱在桃花里燃烧
桃花握紧春天的血
三十里跪地的桃花
被诗人搀扶回家
（2009-04-06 10:26:31）

洛阳纪行之一

东都
雾
靠近地面聚集
乳白色的灵魂
弥漫
在清明
在少女的睫毛上
凝结
云朵时刻改变着
自己的影子
大地开始在
历史的深处移动
牡丹花是云朵的
遗腹子
层层叠叠的
伤口和疼痛
东都
兵荒马乱的
河洛文化
隋唐盛世
东都
牡丹的继父
花开千层
零落为千载古城
　　(2009-04-08 18:47:05)

洛阳纪行之二

1
洛阳和飞翔的鸟
和萌发的植物
在同一个梦里相遇
和自杀的诗歌
和天空的空壳相遇

2
伊水
宰相一般流淌
被两山夹紧
像两条腿
夹紧
幽深的石窟
和十万尊佛

3
河洛文化
龙门神龛
龙马和神龟脊背上的斑点
爻辞流淌

4
关林
古树参天
关羽头被曹操厚葬于此
身在当阳
魂归故里
青龙偃月刀擦破时间

5

牡丹花下死
牡丹比做美女
做鬼也风流
牡丹正旺
含苞等待
鬼踩着蝶翼
探讨花心
无数个鬼
躲到葡萄里面
　（2009-04-14 22:32:02）

洛阳纪行之三

月亮的手电筒
照亮书法的森林
隶书体的黑夜
横向取势
我们站出自己各自的
姿势
我们被古老的文化
提按
我们民族内心的积墨
在中都被洛水
被鸟啄食过的山体
被蜥蜴爬行过的黄昏
石头冰凉的前额
雕出洞窟和我们
手心的热
　（2009-04-16 19:17:05）

洛阳纪行之四

乡书写在归雁的羽翼上
洛阳变成了沾有剑气的翅膀
洛阳三月牡丹开在大唐
开成朵朵秋风
开满冰心玉壶
挂在帝王腰间的玉石
挂在帝王腰间的美女的手指
变成国色
洛阳
尘土里的香气
如大海弥漫的指纹
北邙山花的旧墓
墓碑无字
老在他乡的才子
肩扛墓碑风雨兼程
玉楼金阙醉中泣
巴峡穿巫峡
通过
杜甫的表情
洛阳城青春作伴
红绿荫中十万家
司马光变成陶瓷的背影
玉笛暗飞
李白折柳
十五岁的少女
在王维的画中行走
走成弯弯的桥
李贺把龙门烟雾斩断
北邙山跪退成
十万洞窟

火和灰烬

一片叶子燃烧
剩下的部分
叶脉停止在
火和灰烬的边缘
黄昏也是
黄昏的叶脉
接近火和灰烬
沉淀在玻璃杯子底部的
舒展的叶子
避免了火和灰烬
舌尖的苦涩
是我们生活的门
脚底下的
裂缝
和道路的裂缝
也如同叶脉
火和灰烬
支撑和改写的
整个世界
(2009-04-27 21:54:08)

可以解酒

天空伸长脖子
挂着玉石的项链
鱼鹰伸长脖子
活鱼和它的脖子
同样的艰难
如果把西瓜
比作宇宙
一刀下去
受伤的星辰
并不逃匿
甜甜的
从人类脖子
咽下去的
部分
可以解酒
解暑
(2009-05-03 15:38:01)

我要爱

我在电脑里搜寻
我保存的
那个男孩的照片
他身子全在土里
泥土握紧他
像握着一根
萝卜
他只一个年轻的头
铁青的脸

露在外面
嘴角有泥土的痕迹
神态安然
大约 16-17 岁
一个晚上也没有找到
他大概离开了
我的 E 盘
我的收藏夹
回到了地震之前的
时光
是谁
拔走了这根蔫了缨子的萝卜
那些囚徒一样跪在地上的
群山
像上帝收割灵魂的刀片
5·12
我要爱
爱萝卜细微的根
和根上潮湿的
泥土
（2009-05-11 23:29:31）

火苗照亮

一棵树为了和黑夜一起
站直身子
把根狠命的向地下扎
一只陶瓷的碗
为了开花
坠落在水泥地面
燃烧的雨
火苗照亮

庄稼的夜晚
我生病的父亲
像被雷电击打的树
只有一半长着叶子
　（2009-05-15 07:36:39）

黄昏是驾马车

黄昏是驾马车
马在哪里
车在哪里
车辖辘在哪里
车上的你在哪里
我只看到
马的鬃毛和尾巴
同样的色彩的
不同方向的
河流
　（2009-05-24 14:42:09）

端午

端午
就是一直端到中午
我头发斑白的母亲
端着包好的粽子站在
中午的中间
周围是她的红枣
糯米
和芦苇的叶子
和她的子孙
以及我生病的父亲
　（2009-05-27 08:34:16）

回型针

回型针
别着月亮
别着五月的石榴花
月亮的疼
石榴的羞
挂在端午的胸前
从
回型针
走出来
永不回头的妹妹
像几页没有保存好的
日记
　(2009-05-28 16:52:19)

在一滴水里

在一滴水里
生活
摘苹果
坐火车
一滴水会
怎么想
一滴水
在夏天的
舌尖
迅速
蒸发
虫子在
苹果的内部
修了火车道
　(2009-05-30 13:18:35)

麦子熟了

麦子直挺挺的站着
麦芒也不弯曲
太阳拿走了它们的
水分
麦子抱着自己的
子宫
麦粒越来越坚硬
黄金铺地
柔软的土地
随风起伏
老少弯腰
镰刀紧贴地面的时代
土地攥紧麦子
最后的根须
夜幕降临
村庄提起自己的裤子
　（2009-06-01 10:30:32）

鸟语花香

鸟语花香
鸟和鸟语
鸟语和花香
同时走过湿漉漉的
黎明
走过用鼠标拖动的
卫星地图
走过木棉的猩红的
手掌

走过挂在树干上的
根须
走过思念家乡的
暴雨
走过空洞的房子
和生锈的钥匙
薄如禅意的黑夜
被诗人
和唾沫一起
咽下
鸟
梳理禅意的荷叶
鸟语开出花
三角梅的
花朵
和窗台
的馨香
　(2009-06-03　19:59:29)

行走在风里的金属

最终画下句号

每个人在不同的地方
最终画下句号
小小的圆
变成蒲公英
飞向天空的大圆
蒲公英是灵魂的禅意和结节
（2010-06-04）

天空的岔路口

天空平坦的大道
天空被仰望的岔路口
天空的虫洞的拐角处
墙壁直立
正在攀拨的苔藓
一只孤独的蜘蛛
守望
钙化的歧路
（2010-05-21）

黑暗的另外一条腿

黑暗跛着腿行走
灯光因谁而哭泣
墨水中的水本来是一件
洁白的衬衫
墨水中的墨
就是黑暗的另外一条腿
（2010-04-29）

骨头的白

骨头的白
羊骨头
马骨头
人骨头
太阳的骨头
月亮的骨头
小心的收藏着它的白
在泥土里
没有放下它的血丝的红的金属
人类拿着自己的
骨头
用它的白照亮世界
照亮海子
和
海子麦地里的
那口井
从骨头上走过
那条白色的道路
已经缩水
一口井以此图腾
（2010-04-06）

有谁记得流水的年龄

有谁记得流水的年龄
落花是她旋转的生日
烛光闪烁照应流水
惊醒的脚步
流水离开故乡的潮湿的鞋子
放在尘封的窗台
两边弯曲的河岸
手捧着
羔羊一样的流水
水洗的月亮
照亮村庄泛白的往事
（2010-01-31）

在村头拴一条黄狗（外一首）

黄昏和蝴蝶互相融入
蝴蝶越来越大
黄昏越来越小
黄昏和蝴蝶骑着
河流奔跑
屋檐下的冰凌
细长的乡村棉袄里
冰凉的乳
如何滴下并弹出
卑微的泥土
开春的空中运行着
风的种子
空洞的乡村的头颅
长满枝叶
把所有的道路像蚯蚓

一样
装在垂钓的玻璃瓶里
紧贴地面的阴影
把人类的想象拿走
在村头拴一条黄狗
种一席生冷的大蒜
记忆的百叶窗任意开合

油灯

油灯
捻子放在油里
芯子被点燃
就发着亮光
没有油的时候
芯子就会烧着自身
发出焦布的味道
雪花的捻子
在哪里
燃油在哪里
我看到她的芯子
同样被点燃
发着亮光
想着雪花也有
油尽灯残的时候
我不见雪花
已经很久
安静的夜色呼呼作响
（2009-12-27）

大地的行走

大地开始行走
列车停下来
脚印跑到啦人类的
前面
像小白兔
松鼠
大地耸起肩膀
加快了速度
脚步很猛
却放过了脚下的蚂蚁
蚂蚁生活在
大地的脚印里
咀嚼着
大地的骨头
食蚁兽却不经意的摇晃着
深藏不露的丛林
（2009-11-30）

黄鼠狼蹲在豆地里

你遇到过黄鼠狼吗
没有吧
它去给鸡拜年了
你看过鸡过年吗
鸡刨一爪吃一爪
哪里来的年过
鸡是在人类过年的时候被端上了餐桌
黄鼠狼也喜欢吃小鸡
那是自然
黄鼠狼蹲在豆地里

就开始算计
我见过黄鼠狼好多次
其中一次我开车
遇到了
坐在我副驾的淮中
掏出了一块钱硬币
扔到了车外
我用过它的毛做的笔
那支毛笔的黄鼠狼
不是我杀的
你去过豆地里吗
我去过
黄鼠狼和黄河是同一个黄
黄鼠狼如果是一条河
诬陷的人
摁你在咒语里面摁死
你扔了一元硬币有鸟用吗
（2018-11-27）

给一棵芦苇之十

我被一个湖和她的芦苇记下
记下一座山和她的寺庙
记下山的尴尬
记下水的误会
记下麦苗上早已溶化的积雪
春天是一个傻孩子
撅着屁股看锈迹斑斑的铁轨
直到铁轨生出枝条和
安抚海子和诗人的大海
被芦苇描述过的事物如何
搬走河岸和搬走你人生道路的
所有黑暗的修辞
让沉溺的帆船开出港湾
（2014-03-21）

河流的手指

河流的手指
抚摩着走向斑斓的
秋季
群山
蓝天的岛屿
光芒四射
光芒其实是凌晨五点的口渴
或者耳根的热
（2009-09-08）

我还想说到瓶子

瓶子还想说到我
我知道它就是宇宙的形状
我们始终生活在瓶颈
上面不远就是别的视野
宇宙的透明
其实是明显的
伪装
那坚硬的墙壁
装满啤酒的液体
泡沫在宇宙的出口
掀起推动洋流的潮汐
被贴上潮湿商标的宇宙
陨落星体的幽暗的花园
诗人掐着宇宙的脖子
月亮穿着黑色的便衣
跟着列车挤过幽暗的隧道
隧道是有速度的
就是一个闪念
（2009-09-03）

一口井（外一首）

落叶
把多情的人
砸成
一口井
顺着井边的方砖
摸到河流的骨头
和爱情的背面
在爱情的背面把
无信号的右腿压在左腿上

失语

隔着玻璃看海
大海果然失语
深海里的鱼
失语
风没有离开
风铃却失语
天空
流淌
而且失语
流浪的狗
在高速路
肝脑涂地
高速路失语
烟蒂闪亮
失语
伞形的黑夜
失语
只有玻璃金属般的尖叫
（2009-06-16）

河蚌

河蚌
打开自己
身体的一半要和另一半
闹分手
我想把天光沉入海底的部分
打捞出来
一条简单的小河
迎面认出了我
兔子在寓言里睡了那么久
人群如燃烧的火苗
在广场上跳动
右腿一起向前
双手一起画着弧线
向斜前方举起来
中间是个并不移动的圆
（2014-12-26）

云朵掐灭了天空的烟头

逃进一个词语里
检查秋天跟冬天的相互戒备的程序
光脚躺在雨滴里进行修辞
云朵掐灭了天空的烟头
不明真相的孩子们
雨滴一样的返回来路
更年期的妇女
拿着自己身体里的陷阱
封住了地铁的来路
万物因果实而低垂
你却径直的存放在地铁永久的记忆
（2015-11-08）

葵花籽始终没有表达

葵花籽的壳里面
藏着葵花的舌头
那么葵花的嘴是紧闭的了
直到被炒制成零食
直到这植物的舌头把香味
停留在人类的舌头上
葵花的黄色的头颅
沉重的运转着
收集了太阳共享的多少光芒
葵花籽始终没有表达
在深秋
我看见过
葵花枯萎而无助的枝干
摇晃的冷雨的声音
（2016-03-23）

道路就是枝条

道路就是枝条
在春天里迎风招展
一直通到怒放的桃花
和拍岸的湖水
以及出没在浪花里的困倦
虫子会把道路的皮啃掉
你行走在哪根枝条上
看懂了雪人在夜间逃跑
留下的泪水
如果你爬在树上
一只手握着几条道路

那富有弹性的道路
在春天里不断的伸展
等到枝头随风坠落的
果实
长出了新的道路
春天的咳嗽又会来到人类的面前
（2013-03-26）

欣赏桃核的纹理

晨星指引一批又一批云
逃避谁内心的喧嚣
秋天跟云朵和好的河流
把星辰揽在怀里
野草捡拾了自己散落的种子
人类把小心收藏的卑微
挂在鸟的翅膀上
然后和暮鼓一起
欣赏桃核的坚硬的纹理
（2011-06-22）

草木成灰

草木成灰
经历烟与火
很小的时候记得
手或者脚受了伤
按点草木的灰烬在上面
就可以止血和帮助愈合
但灰色的皮肤
要很久才可以变过来

实际上人的一生吃了
很多的草木
包括鲁迅笔下的野草
以及榆树春树洋槐树的叶子
一叶知秋的叶子
结果人也如同草木一样
成灰成灰成灰
我们必须涉足五月的树荫
树荫的眼角膜已经捐献
树荫淹没我们
淹没草木
使燃烧的灰烬清爽
白血球减少的河流
无法言说干裂的河床
但是在更远处
蓝色的星辰依然忽闪忽闪
（2011-05-25）

我古老的村庄的衣襟

大冬天的北方
蝴蝶不飞
木叶落尽
死人需要人抬着行走
去那挖好的土坑
从土地里
拔出腿来的农民
手脚皲裂
皮肤里层的血丝
裸露出来
如同细小的红蚯蚓
压在我童年磨盘底下的

那种微小的红蚯蚓
大雪查封了很多的田园
而我家院子里的
银杏树依旧抓着
我古老的村庄的衣襟
（2011-01-06）

把流星走过的道路铺设好

流星把自己走过的道路铺设好
两边种上花草
花草的外面放上人行道
把花草的香
停留在空中
把爱情修剪成秋天的模样
停留在早晨的蜘蛛网
在中午的阳光下无影无踪
（2011-10-14）

诗歌的喉咙

月亮收割天空的麦子
灯芯过着怎么样的生活
雪落地的声音
穿着白裙子
款款的站在我的面前
一杯烈酒走过了诗歌的喉咙
（2011-08-21）

眼神

水中的云下着雨
天上的月走着自己的路
天空盯着万物
从来不眨眼皮
每一首诗都有着
自己的眼神
蜗牛爬出大地梦的痕迹
蜗牛的眼神
不得而知
（2011-08-13）

山芋在夜里醒来

山芋在夜里醒来
哭泣
抚摸着自己的身子
和接近细细的土的根须
想象远处水源的根须
田埂承受着深秋的雨
黑蝴蝶和蝙蝠
是不是亲戚
（2011-04-26）

大雁把一座城市看做一个季节

农历三月初五
农历展开我们
大卫在谈及我诗歌里的体香
郭明在谈及医改
卓玛说到玛丽莲梦露的香水
以及耳朵后面的神经
诗人管一和他的电动车
连同我们一群人一起经过
被晃动的树
树上的春天和落花
丁香雨没有到场
魏鹏惦记着院子里的狗
提前回家了
卷土一心想
带着记忆中的月光私奔
大雁在我们城市的上方
迷途了
大雁的叫声涂改了天空
多年没有听到的大雁的叫声
尖锐而且哀痛
我听见我种在天上的树
呼呼作响
大雁把一座城市看做一个季节
却没有办法下落
（2011-04-11）

给小草过一个生日（外一首）

一种物种几时在一个地方落户繁衍
今年春天我打算给小草过一个生日
我要为小草送上生日蛋糕点亮蜡烛
用背着阳光飞翔的鸟儿的翅膀底下
收藏的黑暗来吹灭鹅黄柔弱的火苗
蚂蚁的触须抚摸叶底的青杏的祝福
我把为小草收藏在风里的礼物取回
我要把聚会的小草带回让她离开风
离开镰刀锋刃上的草汁的威猛歌声

纷纷受伤如同马厩

房子的后檐收藏着一小块雪
房屋的后墙根收藏着一小块雪
你不舍得踏在上面就无法发出
春天河流的最初的声音
裸着身子的阳光在奔跑
阳光如我坦率着我的诗歌
照耀你的沾有泥土的脚印
三百二十八公里时速的高铁
把我从南京带往上海
把落地的梅花带往枝头
上海人民广场的雪和人民
不知道被谁收藏
河流在三角洲向大海发射
所有的子弹
近海的冰冻的海的器官
纷纷受伤如同马厩
（2011-02-16）

等待她的空间

一棵树
没有长出来之前
等待她的空间
在干什么
小时候我们用篓子
等鱼
没有等到之前
鱼在想什么
雪花没有形成之前
是什么模样
灰白的天空
发出寒冷的光芒
是无极还是
骨肉分离
发力有点困难
（2011-01-04）

膝盖下浅浅的草

跪下来浅浅的暮色
膝盖下浅浅的草
在老师的坟前
点了纸钱
坟头上的野草
初冬残留的秋天
一起燃烧
火大的时候
那些湿的草也燃烧了
麦苗的火是绿色的

我的老师是教历史的
历史的火苗如何被染成绿色
山里的河
山外的河
同样的绿色
田野的草
坟头上的草
同样的绿色
（2010-10-31）

危墙

桂花赤着脚站在枝头吗
赤着脚的花香是米黄色的
一个小小的棉球
伸向秋天的咽喉
石榴的脸
已经铁青
她抱着她的摇晃的仓
桂花的影
包含了几多鸟鸣
天空的鼻烟壶
在谁的手上
喜鹊摇晃着风在枝干
南瓜花抱紧墙角
红尖椒的世界里有一面危墙
（2002-9）

春天的羽毛

风是一个扫把
挥洒自渡的声音
翅膀一样
带着雨声
带着反复寻找的象声词
词根
其实是一道弯曲的弧线
一个口袋被放开了
一个寓言蹲下身来
玻璃里面和外面的尖叫
变成无数的咳嗽
春天踏着羽毛上的
黑色和红色的薄冰
来了
白碗上蒙着一层火纸
风
这个扫把
反复从一个汪塘里拉出来
一个被惊吓的季节
像一个儿童的脸庞
眼神跳跃
雪花
在劫难逃
（2022-9）

轻而易举

花朵轻而易举地开放
燕子却坚守着
翅膀的优美的线条
闭上眼睛和盖上一个容器
有区别吗
黑暗同样会瞬间包围
你和你身边的另外一切故事
（2016-08-08）

相安无事

南岭的树
和大兴安岭的石头
珠江的下午
和渤海的思绪
相安无事
相安无事和相安无事
反而会有事情
（2016-07-29）

井水不犯河水

井水不犯河水吗
井水是河流冰凉的小手
被村庄牵着
（2013-10-15）

同一个地球

如果路边的一棵白杨树
突然变成一头猪
奔跑起来
道路怎么办
如果两旁的行道树
都变成了猪
道路怎么办
人类的车辆怎么办
如果世间
所有的树都突然变成猪
冲进城市和别墅
这些野猪的
叫声会如何融进
黄昏的翅膀
干脆人变成树
站在那里
背诵随风鼓荡的爱情
猪在人的世界里
自由的交配繁衍
免得人工授精和任人屠宰
成群的逛大街游繁华的都市
在每一座城池选上自己的配偶
骂架只骂蠢人而代替了蠢猪
所有杀猪匠的照片被
挂在城门上
悬赏缉拿
猪们
睡觉任意打呼噜
和歌唱同一个地球

（2013-07-29）

降下来一场漂亮的雪

天空连续的高烧
和连续的降温
白色的鸟鸣
降下来一场漂亮的雪
一只蚂蚁从枯草里探出头来
没有刷牙和漱口的
蚂蚁踩出了雪的声响
鸟的心脏比人类更暖
这是谁的上午
雪花压低修竹的和
桂花的叶子
诗人的鞋底
大地一样被雪水浸透
用身体深入的时光
平躺在落雪的河畔
被樱花责怪
顺着风的斜坡
滑下来的雪花
不由争辩的伸开白色的
想象和月光产下的卵
（2012-12-27）

星星一样的闪亮和善良

人只是一堆行走的火
火苗微弱
即使黑夜你也无法看见
只有当骨头埋在土里
又被犁田的铁犁

抛出来
才星星一样的闪亮和善良
（2011-11-29）

守候

但愿一生守候一只鸽子
守候她的白
守候她的翅膀划过的
天空细微的部分
守候她的啼叫和爱情
守候她递来的信笺
守候她停留过的枝叶
和房檐
守候她的目光涉及过的远方
（2011-11-21）

加缪

加缪
是雨滴里运转的车轮子的错误
存在主义没有错
莫尔索
没有错
人道主义更没有错
那场鼠疫错了没有
莫尔索
顺着自己的小说的情节
呆在存尸间里
棺材里

放着战争和他的母亲
哲学被误杀的时候
希望更多的人能够到现场
书法老师在讲书法的时候
说
书写一定要到位
不然就像一个人洗澡
还没有到澡堂子就把衣服脱了
加缪把存在主义的衣服脱了
有多少人生活在世界之外
莫尔索没有申诉
（2019-02-25）

飞翔

在接近第二天还差十分钟到凌晨
兰花在凌晨和黑夜之间
贴满各色的声响
有时候生活的背景是触手可及的蝴蝶
有时人生是墨分五色的写意
今夜
所有的兰花未眠
所有的蝴蝶的翅膀闪着寂静张望
我看到两千年之前的君子
驾着马车飞翔
我知道不是冯谖
（2019-05-31）

雨敲打着黑夜

栅栏在二十三点四十八分零九秒
还在奔跑
院落却原地不动
为什么你要提及蚂蚁的一生
不提及熨斗的路程
二零一七年你就想给月亮穿上衣服
阳光在海浪上站直了身子
雨敲打着黑夜
发出拖鞋的低鸣
（2018-11-11）

夕阳难道不是一片落叶

夕阳难道不是一片落叶
夕阳每次把一棵树照的通体透彻
是谁无数次的爱过黄昏
然后被反复加密
（2018-06-04）

青蛙的叫声高过了头顶

垂柳的深处有多深
青蛙的叫声高过了头顶
闪电奔跑然后撤回到坍塌的坟
在南方的南方你看到了
哲学的颜色
用颜色的气势来表达你眼前的朝阳
语言如坍塌的坟茔
被急急忙忙扫去的烟头
燃烧过什么照明过什么
（2017-03-24）

落日会腐烂在野外

腐烂在野外的果子
和酿成酒的果子握手言和
腐烂是怎样的过程
风干又是怎样的过程
都比酿酒复杂
好久没有看到落日了
当初我写诗歌的时候
曾经幼稚的把落日比作一枚红果
也许有一天
落日会腐烂在野外
或者风干在枝头
但我希望和你喝一杯落日酿成的酒
你画下的天空的一道白
仍然在奔跑或飞翔
（2017-03-14）

如果大自然开始说谎

如果你跟河流的奔跑的速度一致
你会是一条河流吗
如果你跟蝉鸣一起聒噪
你就会占领这个夏天吗
老子坐过的石头
就会有思想吗
一个九年级的学生
从五楼跳下来
牙齿散落一地
鼠疫是时代的病情吗
如果大自然开始说谎

205

云朵就会失去意义
我只想捡回绽开的棉花
帮助今年的冬天
擦一擦伤口
（2016-11-14）

汪塘对她做了什么

风是一件礼物
难道雨不是一件礼物吗
什么样的风才是礼物
是诗人从高原带来的吗
真不巧
接受礼物的人走丢了
因为一座山忘记了他的验证码
鱼群小心的托起水草缠绕的河面
溺水的人的最后的瞬间
汪塘对她做了什么
（2016-11-07）

哭出

当黑夜哭出花朵
当黎明哭出星星
当星星哭出匆匆走过的夏季
鱼的泪水
朦胧的珍珠
挂在大海的脖子上
（2009-08-28）

第十辑　三万里不远

地铁（组诗）

一

地铁
地下一块行走的金属
拥挤的风
呼呼作响
上海二号线
江苏路站
什刹海在蔓延
蔓延成为排成队的五六岁的
女孩
花朵的嘴巴贴在静安寺上
有逃必追的纸币
临时下车

二

声音的速度是草绿色的
南京西路的步行街
在接受暴晒
世界上最困倦的
是圆柱形的灯光
人民广场
门灯闪烁
人民如同广场
广场也是人民
上下两层的广场
上下两层的人民

三
南京东路
并不在南京
它在地铁的头顶上
困倦的是摇晃的铁
地
土地在铁的下面
陆家嘴
就是一张嘴
黄浦江是从嘴里吐出来的吗
老太太被上车的门夹住了

四
下一站东昌路
人类的毛孔被金属的制冷
复制
发出绵延的嗡嗡声
世纪大道到了
新世界已经二十三岁
转车
电梯
传输带
无障碍电梯的直上直下的呼吸闭环
九号线
杨高中路
没有羊羔
也没有晒干的
青草
只有困兽的隆隆的叫

五
夏天的二拇指的顶部
散发疼痛
明天八月七号立秋
秋天会立马到来吗

放电
形成的道路只是哨子的名声
地铁打了一个呵欠
已经过去了
四十分钟
地铁在摇晃
撤退的路
其实是蓝天

六
声音是有速度的
闭上嘴巴
声音停止了吗
列车没有到来
声音会先来的
光比声音速度快
光不停的奔跑
累不累
本次列车的终点封浜
光有没有终点
光
在什么时候会停下来
休息一下
像指甲大的蝴蝶
停留在草垛
下一站云山路
云和山都是有自己的道路的
十四号线地铁
是无人驾驶的
没有驾驶员
第一节车驾驶窗
像黑色的眼睛

行走在风里的金属

七
罗刹国向东两万六千里
地铁何时通到
苟苟营
和一丘河
下一站
陆家嘴
真的就是一张嘴
一条江日夜吐纳
下一站
大世界
大千世界
在地下的一波人
迷迷糊糊的眼神
被通知为
开右边门
（2023-8-6）

三万里不远

七月
翻开一页一页激光的伤口
七月将离去的气息不远
三万里长安不远
七月的辞别不远
三万里的时间保卫的雪
三万里漫长的
被河流奔走朗读的声音
三万里的李白的白
挂满夏天嘴巴里的
群山
三万里的诗歌的谍影

像夕阳里的两只梨子
海洋的栀子花
跳出随波逐流的文字
三万里的高适
战马奔腾
蜀道凝视杜甫的家事
刀光是行走的严武
高家枪的记忆
呼风唤雨
三万里的民族英雄气概
三万里随风飘荡的寓意
三万里的友谊
埋在将进酒里
三万里的谁家的落叶
缥缈长安
去吧
诗意的呼呼的气息花香盛宴
一条船的记忆
鲲鹏的园林坦然如同庐山
郭子仪
独当一面
如不语的阳光
持节的陷阱
是深色的衣裳
（2023-8-8）

一面墙

一面墙
连同它的拱门
还有金子般的光的影
被快乐的碎片命名
蓦然回首的你

微笑如移动的船
垂询的绿叶
被锁链定格
伸出风的右手
是你固定的姿态
夕阳
是一枚红果
树却在另外一个宇宙
被山体烘托
只有大海配得上
时间的想象
你的眼里
有着四年前沉着的远方
（2023-8-12）

向日葵

向日葵其实是一只流浪猫
诗人把黄昏调亮一些
外出笼实际是一种疾病
厚重的腱鞘炎
被黛玉留下的残荷
被眼疾反复聆听的雨声
诗人早知道
向日葵
脑袋已经大了
秋天鸟一样啄食了
人类的思维
装在塑料袋里的哈密瓜
距离德令哈的戈壁的
姐姐
有多远
（2023-8-19）

十九岁的天空

电风扇的速度变成呼呼的风声
十九岁的天空不远
十九颗星星的金属
被体检的针眼郁结
星星上的冰雪
是跑道心中的冷
海水推诿着记忆的岛屿
檀木雕刻的寓言
跨过了花季雨季
被无数次敲打的木鱼
这枚硬壳
在思考着什么
被砍伐的树木
留着植物的鲜血
知了是一个公园
阵雨的记忆
是
枫叶荻花欲言又止
在大唐的苦涩里
沉淀
沉淀成为整个下午的美好
聂耳谱写的交响曲
横跨历史
时间本身是每个人的薪酬
浩浩荡荡的欢快
布满十九岁的天空
打开一条江
牛嘴边的黄昏和花朵
去了广阔的梦乡
（2023-8-26）

看海

大地开始结冰
大海没有
夕阳是你的一声惊呼
橘黄色的咳嗽
震出了半个月亮
海水的浑浊的
驱动力
勒着地球的速度
年龄的栅栏
没有把骨顶鸡的想象隔开
海和湖的区别
是海水是咸的
湖的镇静是淡的
没有天性的人生
就不咸不淡
你的头发飘出了海的形象
你举起的一只手
是一个直立的想象
一张脸
和一个伤口
跟雪花没有关系
在撤退的灯光里
震动着圣诞节的来临
大海收回了它自己
冬天的冰凌却
随处闪烁

随想

青草会在打印的速度里
眨巴眨巴眼睛
小树长出信念的模样
被格式化的声音
汪塘一样
被折叠为翅膀
你立在海风里
大海的头发自由徜徉
喧嚣的走秀台
随声喝彩
喝彩为上帝的人脉

银杏

银杏树穿上了黄袍
散落了一地的神圣
一地的鸟鸣里
阳光的伤口
被谁反复涂上了优美的药膏
银杏的落地的果实
外围是很难闻的
如同故事的本质的
虚无
银杏的果实
村庄一样
蛮好
银杏的树干
一只手
抓伤了谁心中的

跌落的松弛的
天空
人类的思维从
磁共振的虫洞里
通过
眼睛的肩膀
是一辆手推车
（2023-12）

那些狗

今天早上在文化广场打太极拳
太极从无极里
款款走来
还带着一条黑狗
黑狗的眼眉上有白点
嘴巴尖尖
有点像狐狸
石老师说是日本狗
价格两万多
它两个前腿
爬向我
摇着尾巴
我很反感
不是因为反感她
而是因为反感受伤的膝盖
我问手术了吗
石老师说
割了
更多的狗都
做了绝育手术
无性的狗

脖子上
套着
铁链性格温和
这些被妥妥照顾的狗
比起当年
中国被结扎的人群
幸福
（2023-12）

一本勇敢的书

一列车
对于即将逝去的冬天
是未知的
在地下行走的列车
是看不到日落的
落日是一枚红果
在朦胧的海平面
跌落
你坐在列车上
认真的看着一本书
列车里的灯光是极简的
一本勇敢的书
坐在我身边
一个不相信寓言的你
像
即将到来春天
思绪无限
一棵李子树
结出果实的时候
会不会有绵绵细雨
婵娟的光辉

何时驱走
地下
随着列车行走的
黑暗
龙年我给行走在风里的金属
一个月亮一样大的截面
被天亮的时候灯管幻化为金属的人事物以及
生物的思维
只是在风中
（2024-1）

隔一站

列车悬在空中
在六维的空间里
在思维疯狂生长的早晨
没有隆隆的声响
沉默也在生长
生长成为草木
童话在燃烧
火影的一部分
变成被反复引用的
格言
灵魂的环境被震荡
地下三十米
延伸的道路
在转换为一座城
世界的枝条
必将开满洁白的玉兰
在无极中领悟
领悟冷雨
信念在谁的内心萌发

草木和人
角色的转换
被虫鸣打探
群山在思维的边缘
虫洞起伏
雪早已停下
河流的目的地的
缝隙
孤独的深渊
被游动的鱼反复解释
金属和呵欠的距离
只隔一站
暗物质在行走
脚步是耳边的热
（2024-1）

卷土（组诗）

一

擦拭
执念
深空
十二管的血
使得春天迟延
十二管的桃花
只是一个误判
十二个婴儿
站在雪地里
等待一个密码
淡黄的花蕊
被河鳗领走
淡紫的花瓣
像简笔画的人
只有一枚头颅
和弧形的肩膀
十二个婴儿
只有弧形的肩膀
花瓣
审议了清晰的血脉
河流和河鳗
并肩行走
十二个弧形的肩膀
被时空旅行者用棉球
反复的擦拭

二

老十二是文化的天使

她的记忆里
迅速装满了
人类的所有诗句
她可以把雪花
变成诗句
也可以把诗句
变成雪花
她住在一根
会思考的芦苇里
经常以芦花的形式出现
守护者河流和河鳗
观乎天文
刘邦的行营帷幔上云彩皆成龙虎
汉朝龙腾虎跃
穿越所有的雪
登上古今的月亮
以察时间的弊端
观乎人文
村庄的逃匿
木头里的虫子
开辟虫洞
另外一个宇宙
思维被反复焊接
人类的意识
被追根求源
天使在天上
天在哪里
人类一直在天上
在一颗智慧的星球
地球的
江河湖海

冬夏春秋
文化只是一滴鸟鸣
时明时暗
不知何求

三

老十一

掌管记忆
记忆就是饥饿
饥肠咕噜的情感和思维
饥肠咕噜的理性
她以鸟的形式存在
随时随地以当地的一种鸟的状态出现
在马来西亚
她是黑色的乌鸦
在南极
她立即是企鹅
冰块的前生后世
融化成为谁心中冰凉的记忆
地球
面临巨大生死关头
她可以让操作战争的寡头
失去了记忆
把核武器
轰炸在自己国家的土地
河鳗和河流同行
桃花在雪地里开放
高铁的铁轨
火花四溅
被搬移的时空
火花四溅

四

老十是虫洞的建设者

穿行在宇宙的任何空间
十二个宇宙
瞬间诞生
思维的空间被修理的超过了所有宇宙
她可以把人类的思维随时拿走一部分
她把科学家
放假回家
让诗歌和诗人
桃花一样任意开放
河流和河鳗
并肩行走
魔豆天梯
不受天寒地冻的影响
大收缩
没有停止
凌晨的雨滴却舒缓
蔬菜沿着红色的线路
入场

五

老九是思维的化身

偷盗者的思维被她换掉
变成了一个良民
被河鳗找上门来的老诗人十品
是老九的朋友
思维像黑夜一样
在凌晨四点
无处不在

十品和河鳗
做着同一个梦
十品有三十个口字
足以建设三十个宇宙
而老九说
这三十个宇宙
全是思维的仓库
窗外凄风冷雨
河鳗和河流并肩前行
思维的管理是一个
大大大工程
婴儿宇宙的引擎的
道路积雪被逐步删除

六

老八掌握水

冬眠人突然自省
五个湖泊会被他一个手拎起
湖水的灵气
充满所有宇宙
河鳗和河流并肩而行
水的脑袋
在空中行走
宇宙的概念
就是沉没
水滴里的草木
被黎明偷换
宇宙中所有的神灵和水有关
地球上水逃走的时候
人类在超光速的空间里
穿越了十六节的虫洞

每一节的虫洞都停止了许多雪
羽毛的思维轻盈

七

老七掌管温度

他可以破坏三定律
随意冻结任何宫殿
又可以焚烧
宇宙中的任何物质
那些反复乘风的
暗物质在人类的呼吸
和瞳仁里
久住
黎明的大海
发出空调的声响
地球的升温
必将改变
细碎的蛋壳会重新组合

八

老六掌握金属

把所有的石头变成了
金属
草木失去了依附
金属开始在空中行走
在
人类的思维
变成金属之后

行走在风里的金属

人类变成了落叶
在负一极的
空间里
思维是温柔的
历史被反复软禁
爆能枪
在反复扫射

九

老五掌握思想

思想的下巴手脚的灰烬
被老七扶起半机器人
意识形态被装车
运往负二极的空间
所有逝去的科学家
海子一样复活
通过虫洞
运往不同的宇宙
黄昏
变成一条冷冷的船

十

老四负责科学

科学的灯光
照亮戴森球
照亮微弱的世界
黑色的屏幕
闪烁着无信号

朝生暮死的虫鸣
被老八救起
被丈量的麻雀的高度
数字的
尖叫
惊醒了毕达哥拉斯
每一个数字
是一面旗帜
所有的家具
房屋
树木
都学会了思考
河鳗和河流
并肩行走

十一

老三掌握酒

酒气释放人类的感性
不相信费米悖论
刘伶瞬间复活
酒被运往不同的宇宙
不同的宇宙坍塌
只有负三极
放满桃花
鸳鸯和野鸭
在芦苇的身边
无数的疯子
拉长
掌心龟裂的新建的宇宙

十二

老二掌握虚构

他虚构了一声春雷
他与春雷神交
又虚构了
老虎落入
平原
虚构作息在负四极
宇宙的心脏
喷出热血
宇宙的祖父
并不是人类所说的小贩
长枪的挑着盐巴
宇宙的故乡是
光的原点吗
对于宇宙
年龄
就是一句废话
只有金属
从
黑洞里逃出来

十三

老大掌是朱庇特大脑

掌握情感
情感跟时间的关系
是小心的梳理
小鸟用喙梳理耳朵边的羽毛
情感和金钱各自善守
各自纠葛

情感和经前
是雾都
情感和金钱合谋
还是相互利用
深山古刹的历史
老十二
把情感梳离出来
放在水边
河鳗和河流并肩前行
情感和金属
谁更坚挺
爱情的内心虚晃
河流走后
盲人的
算命术
麻木而且冒着热气
被剥离的爱情
被打包快递的另外宇宙
零重力的金属
零重力的执念

后　记

——对金属的期待

　　我是从气节这个词，想到金属的，本来是想用铁锈的颜色做诗集的封面的。唐根华老师说，用飓风蓝，还没有定。人的骨头从生锈到腐烂一般要十到十五年。铁从生锈到消失需要三到五年。金属，我今天只说铁（金属之一）吧。我看过打铁，火星四溅。然后铁被制服了。变成锅，锄头，兵器。我在影视里看到审问犯人的时候，用烙铁在皮肤上行走，发出吱吱的声音。信仰是不怕铁的。

　　人的骨头，生锈腐烂需要十到十五年。为什么呢？因为里面包含气节。棺材板上是有铁钉的，死者也会躲它。骨头，会变成磷火，照亮乡村的黑夜。为什么标题里首先包涵了金属的概念。我是偶然写了一首小诗里，提到了金属，让我想到文化是需要硬度的，金属的硬度，于是我把诗集的名字定为《行走在风里的金属》。本来我的这些诗歌，并没有金属的意象，后来我加了一些进去，似乎成为线索，但我没有做到。

　　（装修的电钻用金属的本能

　　打垮了所有的象声词）

　　电钻的尖应该不是铁，是什么不重要，它更加坚硬。是气节的另一种姿态吧。

　　之十一

（此时的白蝴蝶

如何打着自己微弱的灯

使得低矮的天空

一小块一小块的行走

白色的石榴花

被举在路边

代替了另一个季节和

奔跑的玉兰

鸟群倦去

白色的金属浮出水面）

铁，有没有白色？答案是，纯铁就是白色的。气节是什么颜色？应该和铁一样。燃烧的时候，会变红。会有火苗。

我觉得，我很感谢我们这个时代，因为有了博客，我的诗集里的诗，是我写在新浪博客上的。没有博客我不会写这么多的诗。从 2006 年开始写的。2010 年，我出过了一本诗集《梨花里面的村庄》。我觉得村庄的灵魂也变成白蝴蝶了。村庄的金属，也和我的父亲一样埋在记忆的泥土里了。

"赤道有时被我看成烧红了铁条"（北纬三度之一），"必须把挂在窗边的阴影戳穿"（北纬三度之三）。

我在马来西亚呆过三个月，那个地方是北纬三度左右吧，我就写了一组诗。这些年，我庆幸的是诗歌是和我不离不弃的。落叶会离我而去，向日葵也不回头，诗歌和微弱的灯光伴随着我。

现在是初夏了，也就是夏天刚刚来到，泥沼里的藕还没有积累到它的足够的白，外面的阳光已经彰显，屋里依然有些寒意。这是 2024 年 5 月 8 日的上海。昨天我去松江参加一个教育活动，坐了一个半小时的地铁，从 9 号线蓝天路地铁站，到松江南站。群里的一位先生问有谁搭车吗？我说，我需要。因为距离地铁口还有半小时的车程。我走出 2 号口，拨通了微信电话，他站在路边，身边靠着一辆摩托，不是一般的摩托，价值应该值几万那种高级的摩托。我戴上头盔，那是必须的，我担心他超过汽车的速度。我坐在后面，稍微有点紧张，速度果然很快。到处都是工厂在建设，沙尘直逼我的眼。我安静一下，把护眼罩拉下来，才好一些。他告诉我，他是魔术老师。我才记起我之前写的几句诗：

金属的热度

列车开走后
铁轨显得空洞
铁却发出绝望的光
金属的热度
散发着春天的余温
人类的眼角
已经干涩
这个夏天
有一个大大的魔术

我凑着耳边跟开摩托的秦魔术老师说，魔术是全新的思维方式，他说是。我说需要依靠科学，他说是。

今天看到了一句多多的诗"绿色的田野像刚刚松弛下来的思想"。我觉得，思想不要松弛下来，思想需要金属的硬度。

此刻我想到了一句诗，（如果太阳变成了一个拳头，它会打向哪里？——卷土）。人类和时代需要金属的拳头，它满含着气节，高高举起！

有的时候我写一首诗，只有两句：

梅花

梅花

把雪长在自己的身上

2007-06-28

你有没有看出这个世界上最爱雪的，不是哪一个人，而是梅花。她可以把雪长在自己的身上，不被消化去掉。而且和自己一起耗到生命的尽头，再随风飘散。

诗歌是用来审美的，我在深圳的时候，有个诗友，叫车林，他很喜欢这首诗歌。后来这首诗，被放在澳大利亚的一个诗歌的群里，评价也蛮好。

月光从草垛升起

月光泼洒在社场的草垛上

远远看去

那份执着的蒙眬

如同大写意的雪

但是月光比雪要薄很多

也轻柔许多

月光没有水分

却使夜潮湿

雪厚度大些

手感强些

如同爱情的皮肤

雪从房檐滴落

月光从草垛升起

2007-08-07

都市上海的体验，有另一种姿态。

地铁

地下一块高速行走的金属

拥挤的风

呼呼作响

说来，我喜欢坐地铁。地铁里有存放的黑夜。黑夜比白天更容易相处。我不知道诗歌怎么想的。

这本诗集所选的诗歌，最早的应该是 2006 年写的，现在看起来，已经参差不齐。有的在当时看起来，还可以，现在觉得比较一般。好在我的大部分诗歌都标有创作时间。兔子喜欢低低的青草和气息，鸟儿喜欢高高的树梢和云朵。不同的读者各得其所吧。

突然又记起了，柏拉图的洞穴里的影子，如果我的诗歌，能够送到洞穴里，"让所有习惯黑暗的眼睛 都习惯光明"，我就可以把出版诗集的无奈，变得有些开心。那些被我思考过的金属，也会因为我的开心而快乐！

卷土（王建如）

2024 年 5 月 8 日 23 时 15 分

于上海浦东新区金杨新村 5 街坊